JN059660

# 読んでほしい

おぎすシグレ

幻冬舎

読んでほしい

# 目次 contents

# 序章

書き終えた。ついに書き終えた。

長年夢だった長編小説。仕事の合間を縫って書き上げた渾身の作品と言えよう。内容はSF。才能のない超能力者達が力を合わせ国家権力と戦うストーリーだ。

悪くない。手ごたえはある。半年間、寝る間も惜しんで書いた作品だ。だからこそ読んでほしい。誰かに今すぐ読んでほしい。今、私はその欲求に支配されている。

パソコンのデータを紙に起こすため、プリンターで印刷を始めた。文字が刷られる音がする。心地よい振動。長い文章だからこその達成感を味わう。

しばしの間、印刷を待つ。仕方ない。長編小説なのだから。私はパソコンから離れ、ベランダに出た。煙草(タバコ)にそっと火をつける。ジリジリと紙と葉に火が伝わる。私はいつもより大きく吸い込み、白い煙を吐いた。至福の時。

プリンターの音が消えた。私は煙草の火を消し即座に部屋に戻る。積み重ねた努力の結晶がプリンターから吐き出されていた。私は生まれたての赤子を愛(め)でるかのように、分厚い紙の塊(かたまり)を抱き上げた。胸が熱くなる。両目から涙がこぼれる。

涙をふき、部屋から飛び出し、妻の元へ向かった。時間は深夜十二時。いつもなら、まだ起きている時間だが、妻は洗濯物を畳みながら眠り込んでしまっていた。

妻には感謝しかない。私の仕事はしがない放送作家。収入も少ない。だが妻はいつも私の夢に付き合い、協力してくれる。妻はとても優しくて、私に怒ったことはない。いつも明るく見守ってくれる神様のような人だ。いつもならば妻を起こしていい作品ができたと見てもらうところだが、何せ今回は長編小説。ちょっと読んで、と簡単に頼めるような代物ではない。

私は毛布をそっと妻の体にかけ、渾身の作品を妻の傍(かたわ)らに置いた。勘のいい彼女ならば私の思いを汲み取り、小説を読んでくれるであろう。今日は私も寝よう。心地よい疲れを癒すために。

朝日がカーテンの隙間から瞼(まぶた)を照らした。

目を覚ました私は、置き時計に目をやった。

朝十時。寝すぎたことに気がついた。焦りながら仕事の準備をする。先日まとめた資料をリュックサックに押し込むと、手帳が目に入り、今日のページを開く。そしてホッと一息。今日は休みだった。一日、自由な時間が過ごせる。

準備しかけたリュックサックを机に置くと、寝室からリビングに移動。テーブルにはトーストと目玉焼きが置いてある。温かい日常。妻には本当に感謝しかない。

目玉焼きの横には置き手紙があった。妻のことだ、もしかしたら小説を読み終え、感想が書かれているかもしれない。自信があるとはいえ、緊張はする。

私は高鳴る胸の鼓動を抑え、手紙に目を落とす。

『おはよう。朝ご飯食べてね。ヨガに行ってきまーす。』

そうか。今日はヨガの日か。無趣味な妻が、最近始めた習いごとだ。小学四年生になる息子の友達の母親から誘われたと話していた。最初は乗り気でなかったが、通うにつれハマってきたらしい。家事に追われる中で、一服の清涼剤となるならばと、私は妻を応援していた。

置き手紙には小説のことは書かれていなかった。

ふと妻が寝ていた場所に目をやると、昨日置いた小説はそのままだった。

「まだ気付いていなかったのか」

　私はそう呟（つぶや）くと、原稿を拾い上げ、自分の部屋の机に置いた。

　椅子に座り、原稿を眺める。口元がゆるむ。可愛い奴だ。文字いっぱいの紙の束を見て美しささえ感じる。読んでほしい。できることならたくさんの人に。

　しかし本にするまでには時間がかかる。そもそも形になるかどうかもわからない。新刊小説として世に出るかは運もあるし、物凄い労力がかかることもわかっている。コンクールの数は多いが、入賞するのは一握りの作家だけ。甘い話ではない。

　そうだ！　コンクールに送る前に誰かに読んでほしい。

　といっても、誰に読んでもらうべきか？　私は考えた。妻はヨガに出かけている。

　ふと一人の男の顔が頭に浮かんだ。田川陽介（たがわようすけ）、三十八歳。私の後輩だ。彼は私同様、放送作家をしていたが、十年前にテレビの世界から引退した。理由は、もっと自由に表現をしたかったからだという。彼は今、自称芸術家だ。芸術家といっても、とくに仕事はしていない。実家で母親と二人暮らしをしている。私の周りの人達は彼のことをどうしようもない奴だと悪く言うが、私はそうは思っていない。

　彼はバカだが、核心を衝（つ）く。「テレビに縛られていてはいつまで経っても下請けだ」彼はそう言って放送作家をやめた。ゼロからものを作る。生み出したものを売る。それこそが健全な表現のありようだ、と彼は言っていた。私が心の中に秘めているポリシーも彼と同じだった。だから凄く共感したし、好感も持てた。彼の言葉がきっかけになったわけではないが、私が小説を書いたのも、そんな反骨精神のようなものが理由かもしれない。

# 芸術家に読んでもらおう！編

電話をする。田川と話すのは三年ぶりだ。

彼が芸術家になると言い出してから十年は経つ。最初のうちは熱心に粘土細工を作っていた。しかし、一ヶ月ほどで何もしなくなった。彼の母親はとてもいい人で、田川を寛大な目で見守っていた。優しい母親に甘えて実家で過ごす田川を見るたびに、私は彼を叱咤(しった)していた。

だが今では私自身、仕事に追われ、自分のことで精いっぱい。田川のことを考える余裕はなかったのだ。

電話をかける。呼び出し音が鳴り、三コール目でつながった。

「緒方(おがた)さん！　久しぶり」昔と変わらぬ陽気な声だ。

「久しぶり、元気にしてる？」

「元気ですよ。緒方さんは？」

「ああ、こっちも元気だ。仕事は？」

「相変わらず芸術に勤しんでおります」

「そうか。それはよかった。作品は？」

「ゼロ。ゼーロ」

……軽い。相変わらず軽い男だ。ちなみに二度同じ言葉を繰り返すのは彼の癖である。

久しぶりの電話だったので、まずはお互いの近況報告をする。田川はここ三年ほどはニートのような生活をしていた。芸術どころか食事すら作らない生活。誰が見てもわかるダメ人間の生活。

普段なら腹も立つが、今日は違う。

私の書き上げた小説を、彼なら読んでくれる。まさに、うってつけの人物だ。彼には時間がある。なぜなら彼は暇なのだから。

私は勇気を振り絞り、今回のお願いごとを言おうとした。しかし、言葉が出ない。自分の心に聞いてみる。なぜ言えないのか？　私は頭の中で思いを分析した。

答えは『恐怖』だった。

一生懸命書いた作品ではあるが、初めて書いたもの。書き終えた瞬間は自信があった。

しかし、今はない。もしこの男にボロクソに批判されてしまったら、私の心は崩壊してしまうかもしれない。

しかし、さらに考える。

だったら、このまま電話を切るのか？　せっかく書いたものが誰にも読まれず、ただ自分ひとりで原稿の束を抱えてニンマリしているだけなんて、あまりに虚(むな)しくないか？

私は、やはり彼にお願いすることにした。

「今から、コーヒーでも飲みに行かない？」

「いや、今日は無理です」

なぜ？　君は暇ではないのか？

「どうして？」

「部屋の掃除があるんで」

嘘だろ？　三年ぶりだぞ。まだ小説の話はおろか、近況報告だって、うっすらとしか話していない。話すことは山ほどある。懐かしい話だってある。それなのになぜ？　何故(なぜ)に断る。

「掃除は今日じゃないと、いけないの？」

「そうですね」

そうなの？

「今日と決めていたので」

芸術家らしい答えだ。違う……横暴な答えだ。

「仕方ないね。じゃあ、また電話するね」

「了解です。また連絡してください」

「ありがとう」


私は電話を切った。数秒、時が止まった気がした。計算外だ。小説を書いたということを一言も伝えられぬ間に、会話が終わってしまった。

私の計算では、コーヒーを飲む約束をとりつけ、二人の大好きな喫茶店《ムギタ珈琲（コーヒー）店》で待ち合わせをする。そして彼の前に分厚い原稿を置く。「何ですかコレ？」と驚く田川。そして私が「小説を書いたんだ。ぜひ読んでほしい」と彼に伝える。そして彼は「緒方さんの情熱は消えてないんですね」と私に握手を求める。固い握手。「読み終えたら感想を聞かせてくれ」と私が言う。そして間髪容れずに「はい、必ず」と田川が返す。

と、こういった流れで進む予定だった。

ありえない。彼は久しぶりの再会よりも掃除を選んだ。

どうしよう。まだ誰にも読んでもらえていない。私は、ほかに読んでもらえそうな人を考えた。

先輩ディレクター、お笑い事務所のマネージャー、長年ともに仕事をしてくれている芸人さん、今も一緒に働いている後輩の放送作家。どの候補者達も私以上に忙しい。仕事の合間に読んでくれと軽く渡せるようなボリュームではない。相手にとってプレッシャーになってしまう。

やはり、あいつしかいない。なぜなら、あいつは仕事もなく暇なのだから。

私はやはり田川に照準を定めた。彼のＬＩＮＥは知らないので、メッセージを送る。

『掃除は何時に終わりそう？』

メッセージを送ると、直ぐに返信があった。

彼からの返信メッセージを確認。

『一時間あれば終わると思います。その後、会います？』と書かれていた。

「なんだ、会えるんか」

私は即座にスマホにツッコミを入れた。

まあいい。当初の段取りとは違うが、彼に会うことは叶いそうだ。私は余裕を見て、二時間後に、家の近所にあるムギタ珈琲店で待ち合わせをしようと打診した。

この誘いを、田川は快く承諾。二時間後、ムギタ珈琲店で会うことになった。

約束をとりつけた私は、台所に行きコーヒーを淹れた。二時間後に喫茶店に行くのだが、関係ない。なぜならコーヒーを飲むために行くわけではないからだ。私はこれから、私の書いた小説を渡しに行くのだ。

気を落ち着かせるため、ベランダでコーヒーを飲みながら煙草に火をつけ、一服する。

決戦は近い。

私は待ち合わせの時間よりも少し早めに店に入った。いつもと同じ光景。奥には常連の老夫婦がいて、トーストを食べている。客入りは悪くない。

いつものように窓側の喫煙席を選択する。日の光が気持ちいい。

近年、世の中は禁煙ブームなので、喫煙席は比較的空いている。煙草を愛する私にとって、禁煙の波はつらいが、いい席に座れるというラッキーもある。

私はいつもの席に座り、アイスコーヒーを注文した。赤色のソファー。木目調のテーブル。穏やかな日常。思い返せば、この席に幾度となく座った。小説のプロットを書き出したのも、そういえばこの席だった。自宅で文章を書き起こしている時も、行き詰まると、この喫茶店に来た。コーヒーを飲みながら煙草をふかし、アイディアを絞った。あの長かった戦いも終わった。あとは、書き終えた作品を読んでもらうだけだ。

時間が過ぎる。アイスコーヒーは半分以上減っていた。氷の溶けたコーヒーは味が薄い。

私は腕時計を見た。席に座ってから一時間が過ぎていた。よくあることだが、田川は今日も遅刻だ。しかし腹を立ててはいけない。遅刻したことを責めて原稿を渡せば、バイアスがかかってしまう。彼には、気持ちよくフラットな状態で原稿を読んでほしい。そうでなければ意味がない。今の私の一番の望みは読んでもらうことだが、同時に、第三者の率直な感想を聞きたいというのもある。私は、残ったアイスコーヒーを飲み干すと、もう一杯アイスコーヒーを頼んだ。こんなことになるなら、最初から百円高い『よくばりアイスコーヒー』を頼めばよかった。

カランカランと扉が開く音がした。田川陽介だ。彼は店内を見渡している。三年前と変わったのは髪型だ。ドレッドだった髪は綺麗に刈り込まれ、坊主頭に近い短髪になっていた。

田川は私を見つけると大きく手を振り、私の座るテーブルに駆け込んできた。

「遅くなってすみません！」

懐かしい。田川の遅刻癖は相変わらずだ。一緒に仕事をしていた時もそうだった。

「掃除に時間がかかってしまいまして、本当にすみません」

「いいよ。いつものことでしょ」私は優しく微笑み、彼の遅刻を許した。大丈夫。怒らないという精神は既にできあがっている。

「結構かかったね」

「ええ、実は一年ぶりに掃除をしたので。今は無茶苦茶、綺麗ですよ」

田川は掃除をした部屋の写真を見せてきた。白を基調とした美しい部屋だった。

「お洒落(しゃれ)でしょ」

「確かにお洒落だ」

私は感心した。シンプルな部屋の中に観葉植物が主張しすぎない感じで置かれている。

芸術家というだけあって、センスのある部屋だった。

「緒方さんは変わらないですねぇ。あっアイスコーヒーください」

田川はいつも通り、自分のペースで語る。この勢いにはいつも尊敬させられる。自分の空気、自分の流れ。私とは違う。私はいつも人の顔色ばかり窺(うかが)ってしまうところがあるので、彼のような、ある意味、他者の思惑を気にしないマイペースな人には憧れすらあった。

「あのさぁ」私は彼に声をかけた。

「緒方さん。そう言えば」

私の声は、彼の声に、かき消された。

「僕、見てもらいたいものがあるんすよねぇ」

見てもらいたい？　私が言うはずだった台詞(せりふ)を、彼は、いともたやすく私に投げてきた。緊張して気付かなかったが、よく見ると彼は大きなカバンを持っていた。黒色のボストンバッグ。昭和時代のドラマなんかで銀行強盗が抱えているような大きなカバンだ。そのカバンをテーブルの上にドシリと置いた。

「どうしようかな？　見せちゃおうかなぁ」

田川は嬉しそうな目で、私を見つめては逸らし、見つめては逸らし、ニタニタと笑っている。気持ちが悪い。でも、どこか憎めない可愛らしい表情でもあった。ついにカバンのファスナーに手をかける。一体何を出すのだろう。宝くじにでも当たり、札束でも見せてくれるのだろうか。ちょっとだけドラマチックな展開を期待している私がいた。

ジリジリとファスナーの音が響く。田川はカバンの中に手を入れ、中に入っていたものを取り出した。

白色の大きな物体が私の目の前に現れた。

「〝愛ちゃん〟です」

意味不明な言動。またもや数秒、時が止まった気がした。

頭の中で状況を把握する。

大きなカバンから出てきた白色の物体。

彼は嬉しそうな表情をしている。

白色の物体は、よく見ると紙粘土で作られている。

大きな紙粘土。

彼は芸術家。

しまった！　先を越された。

「実は、一つだけ作品を作っていたんですよね。緒方さん、びっくりしたでしょ。サプライズ！　サプライズゥ！」

彼のうわずった声が店内に響いた。が、すぐにその異常なテンションを抑えると、田川は改めて、白色の物体を私に差し出した。

「紹介します。僕の作品、〝愛ちゃん〟です」

カバンの中身は田川陽介作品〝愛ちゃん〟だった。

〝愛ちゃん〟の体長は五十センチほどで、人型のようにも見える。いや、達磨（だるま）に近い。顔の部分には、ピンク色のハートが二つ。大きさはあるが、迫力がなく、何も伝わってこない白い塊。それが私の率直な感想だった。

「緒方さん。どうです？　何を感じます？」

間髪容れずに質問を投げかけてくる。

何を感じる？　何も感じない。

感じたと言えば、気持ち悪さだけだ。しかし、気持ち悪いだなんて言えない。きっと彼も熱い思いで作ったものなのだろうから。

数年前の私なら、あっさりと気持ち悪いと言っていたはずだ。でも今は言えない。なぜなら私は小説を書いたからだ。もしも、今の状況が逆で、私が小説を彼に見せて、読んでもいないのに気持ち悪いだなんて言われたら、大いに傷つくし、腹を立てるはずだ。せめて読んでから言ってくれと必ず言うだろう。

見ないといけない。彼の作品〝愛ちゃん〟を、じっくりと見てあげないといけない。読むんだ。読み取るんだ。この白い異物を眺め、感じ取るんだ。

緒方正平(しょうへい)四十歳。名古屋市中川区生まれ。現在の職業は放送作家。ものを書くことや創ることが大好きで、映画や漫画、テレビ、漫才、コント、絵画にお芝居。娯楽に携わる人達をリスペクトしている。そこに嘘はない。私は評論家ではなくクリエイターだ。ならばクリエイター同士、伝わることがあるはずだ。絞り出せ、感じるものを。

「何か……凄いね」

出ちゃった。何の意味もない言葉が出てしまった。

タイムリミットに追われ、安すぎる言葉が出てしまった。

危ない、これでは次の質問が返ってきてしまう。

――どう凄いのか?

そうだ、さらに酷で非情な質問だ。この質問を受けてしまったら最後、〝愛ちゃん〟から目を逸らすことはできなくなる。

きっと田川は私を見ている。次の言葉を待っている。恐い。恐怖に飲み込まれそうだ。

無言の時間が何秒経っただろう。もしかしたら六十秒以上経ち、秒から分へステップアップしてしまっているかもしれない。

作品の感想を聞かれ、秒ならまだしも、分はまずい。その作品は駄作だと言っているようなものだ。

私にも経験がある。テレビ番組の企画会議ではネタ出しというものがある。テレビ番組でやる企画……例えば、大喜利大会、ドッキリを仕掛ける、あるいはタレントの特徴を生かしたゲーム等々、具体的なアイディアを出し合う。私達放送作家は、テレビ局のプロデューサーやディレクターに日々、こうした企画を提案しているのだが、ネタ出しにはセンスが求められる。どこかで見たようなものでは話にならない。オリジナリティがなくては、その企画は日の目を見ることはない。面白い企画を何発も出せる人はいる。才能のあるタイプだ。しかし私はそのタイプではない。絞り出し、熟考し、吐き出すタイプだ。自慢ではないが、サボったことはない。だからこそ一つ一つの企画に愛情を持って提案している。

だが現実は甘くない。選ぶ側には提案者の苦労など関係ないのだ。その企画が面白いか面白くないか、それだけで決まる。つらいことだが、それでいいと思う。そうでなければ視聴者に失礼だと思うからだ。

それでもキャリアを積むと、企画は少しずつ通りやすくなる。私の企画も昔よりは通りやすくなった。だからこそ感じ取れるものがある。キャリアを積んだからこそ、相手側がこの企画にのっているか、のっていないのかがわかるのだ。

渾身の企画。しかし選ぶ側の人が無言になる時がある。ネタの面白さを探りとってくれているのだろうか？　いや、多分違う。提案者を傷つけないように、言うべき言葉を探してくれているのだ。

「何か足りないね」なんて言葉が返ってきた時は死にたくなる。「何か」とは、答えがない時に出てくる気遣いだけの無意味な言葉だ。

私は田川の作品を、その「何か」という言葉で評してしまった。

正直に「気持ち悪い」と言った方がマシだったかもしれない。

時間は残酷だ。沈黙の時間が秒から分に変われば、後悔も増え、何が正解だったのかもわからなくなる。

急いで次の言葉を用意しなければ。

早く次の言葉を出さないと、恐怖の質問「何かって何ですか？」が襲ってきてしまう。

もし聞かれたら、突発的に「何か……気持ち悪い」と答えてしまいそうだ。コレはもはや感想ではなく悪口でしかない。

久しぶりに会ったのに、私に才能がなくて作品の意図を読み取れないだけなのに、ただただ悪口を言ってしまうことになる。絞り出せ。言葉を絞り出せ。〝愛ちゃん〟を見て〝愛ちゃん〟とは何なのか、読み取るのだ。

「……何か……」

間に合わなかった。田川の声がした。私は拳銃を突きつけられた気持ちになった。もう間もなく、彼の質問の弾丸が私の心臓を撃ち抜いてくる。仕方ない。私にクリエイターとしての能力が欠けていたからだ。甘んじて受け入れよう。どうせ死ぬなら共倒れだ。気を遣っても仕方ない。質問の弾丸が私の胸に届いたら、正直に言おう。「気持ち悪い」と。無言よりはましだ。きっと彼だってわかってくれる。クリエイターとして作家として正直な気持ちを伝えるのだ。

「何か……凄いって、凄いすね！」

「へ？」

私は虚を衝かれた。ゆっくりと視線を田川に向けると、嬉しそうな顔で私を見ていた。

「そうなんすよ！『何か凄い！』は最高の褒め言葉すよ！　バスキアを見た時、僕もそう感じたんすよね！」

彼は無邪気に喜んでいた。

予想外の展開だった。「何か」でこんなに喜ぶ人がいるなんて、私もまだまだだ。

田川はかなり興奮していた。頼んであったアイスコーヒーがくると、ストローを使わず一気に飲み干した。コーヒーを飲み切った田川は、〝愛ちゃん〟が生まれるまでの経緯を熱く語ってくれた。


田川は放送作家をやめてすぐ、芸術に勤しんだ。一般人からすると何もしていないように見える生活を送っていた。しかし田川にとっては立派な芸術活動だった。何を作りたいのか、何をするのか模索する日々。それも田川の芸術活動だったのだ。しかし、何も見つからなかった。そして彼はたどりついた。自然に生きよう、と。例えば、眠い時に寝る。お腹が空いたら食事をとる。喉が渇けば水を飲む。ただそれだけの生活。三年近くその生活を繰り返しているのだという。

友達に会えば毎度、怒られるという。当たり前だ。傍から見れば、四十近い男が仕事もせずに実家にいる。

しかし彼は、お金が入らないだけで、間違いなく仕事をしていた。芸術という仕事をしていたのだ。

何も作らない芸術家がある日、部屋を掃除していると、一枚のTシャツを見つけた。昔、古着屋で買ったヨレヨレのTシャツ。それは、バスキアの絵がプリントされたTシャツだった。バスキアとは、アメリカで生まれたグラフィティアートの画家で、ヘロインの過剰摂取で二十七歳でこの世を去った若き天才なのだが、田川に教えてもらうまで、恥ずかしながら、その存在を知らなかった。田川の話を聞きながら、私はスマホでバスキアの作品をいくつか検索した。バスキアの作品は素人の私にはゴチャゴチャした絵に見えた。しかし色彩は豊かで力強く、優しさも感じた。何よりお洒落だなと思った。言ってみれば最高級の落書き。さらに調べると、バスキアの絵の始まりは、スラム街で壁に落書きするスプレーペインティングだった。ならば「最高級の落書き」という私の感想は、最高の褒め言葉ということになる。

田川は、そんなバスキアの絵を見て触発されたのだ。

古着屋のTシャツが出てきた時、「何か凄い」という言葉が出たらしい。そこから彼は、やっともの作りに動いた。頭だけではなく体を動かし作品を作った。そしてできたのが〝愛ちゃん〟だったのだ。

「やっぱり、伝わるんですね。思いを込めれば」

田川は自ら生んだ作品〝愛ちゃん〟を眺めながら、呟いた。

私は胸が痛くなった。と、同時にマズいことをしてしまった気がした。なぜならば、田川がバスキアに感じた「何か凄い」と、私が田川に感じた「何か凄い」は全く違うからだ。私の安易な言葉のせいで、田川の人生があらぬ方向に進んでしまうかもしれない。これから、地球上にいくつもの〝愛ちゃん〟を生んでしまうかもしれない。止めなければという使命感さえ湧き起こりつつあった。

「田川さぁ、〝愛ちゃん〟って何？」

「わかんないす」

「何か凄いなぁ。お前」

今度は、私の心の底から出た、純粋で真っ白な「何か凄い」だった。

田川はポカンとした顔で私を眺めていた。


その日、ＬＩＮＥ交換をすませ、コーヒーの勘定は私が支払った。

「今日は忙しいのに来てくれてありがとね」

嘘ではなく心からの感謝の気持ちを伝えた。

「こちらこそありがとうございます」

田川も嬉しそうに私にお礼を言ってくれた。田川は自転車置き場に置いていたキックボードに足をかけ、颯爽（さっそう）と帰っていった。

〝愛ちゃん〟とは何なのか、私に大きな宿題が残ったが、彼と会ったことで、純粋な気持ちが取り戻せたことは実感できた。

答えなんて、なくてもいい日はある。そんな気分にしてくれた。

作りたいから作る。見てほしいから見せる。それだけでいいのかもしれない。

そう思いながら、私は自分の持ってきたリュックサックの中を見た。分厚い原稿がおねんねしている。もう少し寝かせておくか。そう思いながら家に帰ることにした。

## ディレクターに読んでもらおう！ 編

芸術家に見せるはずだった私の小説は、未だゆっくりと眠っている。田川に対し、「私の作品も見てくれ」となぜ、言えなかったのか。己の小ささに嫌気がさした。予想外の展開に飲み込まれ、本来の目的を達成できなかったあの日。

自分の作品を見せたくて呼び出したのに、逆に相手の作品を見ることになろうとは、夢にも思わなかった。ただし田川の作品が圧倒的でなかったのは、せめてもの救いだった。あそこでバスキアのような作品を見せつけられていたら、この小説は永遠の眠りについていただろう。

「ご飯できたよぉ」

妻の声がリビングの方から聞こえた。私は自分の部屋から出てテーブルに向かった。子供達二人が眠そうな顔で朝食を先に食べていた。

「あのさぁ、本って、読んでる？」

「漫画しか読まない」

「私もぉ」

無邪気な声で、お兄ちゃんと妹が即答した。

「だよね」

「正ちゃん。つっ立ってないで早く座って。味噌汁冷めちゃうよ」

「あぁ、そうだね」

私はいつもの席に座り、味噌汁に口をつけた。今日は和食か。何か幸せだな。


今日は朝から会議だ。放送作家の仕事もいろいろある。芸人さんに出演してもらってバカバカしい企画を展開するバラエティ番組もあれば、主婦の方に向けてお得な生活情報を紹介する情報番組もある。私はその台本やナレーションを書いたり、企画を提案したりする。ロケに行ったりスタジオに行ったり、楽しく笑ったりするだけの仕事もある。笑ったり手をたたいたりするだけの仕事の時は、これが仕事なのかと自問自答する。放送作家の仕事を説明する時、ココだけが切り取られ、「楽な仕事だね」なんて嫌味を言われることもしょっちゅうだ。若い頃は、そんな悪気のない嫌味を真に受けて、腹も立った。でも歳を重ねるにつれ、腹は立たなくなった。実際、何も考えずただただ楽しくて笑っているだけの時もある。その瞬間は間違いなく楽な仕事であるからだ。

今日の仕事は、笑うだけの仕事ではない。考える仕事の方だ。

いつものように地下鉄に乗り、テレビ局に向かう。

背負うリュックサックが少しだけ重い。私が生み出した小説の重みが足されているからだ。

チャンスはあるはず。読んでくれる人がいるはず。そんな邪な気持ちを胸に、会議室へ入り、いつもの席に座る。

今日の仕事は、土曜日の午前中に放送する情報番組の会議。私達が見つけた安くて美味しいお店や、クライアントの新商品をいかに素晴らしく紹介するかを打ち合わせる。

会議の参加人数は六人。一時間番組をこの人数で行うのは地方局ならではかもしれない。東京のテレビ局だと倍以上はいると聞いたことがある。スタッフが少なく、予算も少ない。これは名古屋のテレビ局の常識なのだ。

会議は順調に進み、来週紹介するお店も決まった。二時間ほどで会議は終わった。会議が二時間以内に終わる時は、丁度よい疲れがある。それ以上延びる時は企画が迷走している証拠らしい。今日は何の問題もなく、スムースに仕事を終えられたということだ。

自宅に帰ってから台本を書くための資料を、リュックサックに詰め込む。リュックの中では、分厚く白い可愛い奴が私を見つめていた。

「一体、僕を誰に見てもらうの？」なんて声が聞こえてきそうだ。

私はそっと可愛いそいつを撫でてあげた。待っていてくれ、今日こそ君を誰かに見てもらうからね。

私のターゲットは決まっていた。会議室で私の対面に座る男。ディレクターの横山君だ。彼は、この情報番組で会議を仕切る中心人物だ。小柄でボサボサの髪。ひげを蓄えているが、身長が低いせいか、ワイルドよりも愛嬌が勝ってしまう男だ。

ディレクターはロケを行い、編集を重ね、ＶＴＲを作る。番組を企画の段階から放送するまで取り仕切る仕事だ。映画で言えば監督に近い仕事。映画監督との違いは、監督ほどの権限がないといったところか。

人にもよるが、仕事の量の割に給料が少ないという印象がある。ゆえにテレビ番組作りが好きでなければ続けられない仕事であるのは確かだ。私のターゲット横山君は、自分の足で店を探し、休みも返上して働く、ディレクターの鑑のような男だ。二十九歳、脂の乗ったディレクターと言えよう。

彼ならば読んでくれる。もの作りの魂を彼は理解している。私が打ち込んだ情熱の塊を是非読んでみたいと思うはずだ。

私は、子鹿(こじか)を狙う狼(おおかみ)の如く、ゆっくりと彼の背後を狙った。

「横山君、煙草いかない？」

私の声に驚いたのか、ビクリと動き、飲んでいたコーヒーをこぼした。

「あーごめん！　驚かせて！」

「大丈夫です！　大丈夫です！　こちらこそすみません」

「ティッシュ持ってきます」

ＡＤさんがすかさず動いてくれて、こぼれたコーヒーを会議室に残ったメンバーでふき取った。私のせいで大惨事を招いてしまった。申し訳ない。背後からそろりと近づいたりしなければよかった。

「緒方さん。煙草いきますか？」

コーヒーの染み込んだティッシュをごみ箱に放り込むと、優しい声で横山君は喫煙ルームへと誘ってくれた。私はこれでもかと思うほど頭を下げて、横山君とＡＤさんに詫びを入れた。

最近、煙草を吸う人はめっきり少なくなり、今日も喫煙ルームは静かだ。

私の周りでも喫煙者はほとんどおらず、横山君と私は希少になりつつある愛煙家だ。仕事終わりにお互いを労い(ねぎら)ながら一服する。そんな懐かしい文化の中に、私と横山君は未だにいる。

「さっきはごめんね。服汚れなかった?」

「全然!　大丈夫です」

「いや、本当ごめん」

またしつこいほど詫びを入れた後、私と横山君は煙草に火をつけた。

深く吸い込むとジリジリと音を立てて小さな火が瞬く。白い煙が狭い喫煙ルームを覆った。リラックスモードに突入。

いつもならば、この後、仕事の話をする。ほかにもいい店はあったのか?　もっと楽しい見せ方はあったのか?　などと、会議のおさらいをする。

しかし今日は違う。喫煙ルームに入ったのは、私の小説を読んでもらうためだ。

「緒方さん。質問いいですか?」

「いいよ」

私が喋りかける前に、横山君の方から話しかけてきた。

「緒方さんって情報番組は好きですか？」

「え？　好きだよ」

「珍しいですよね。情報番組が好きな作家さん少ないですもんね」

「確かにそうかもね」

最近ではバラエティ番組が減り、情報番組が増えている。私の周りの作家やディレクターの中には、情報番組というものを嫌う人も多い。その気持ちはよくわかる。私もお笑い番組が大好きで、放送作家になった。芸人さんと一緒にバカなことを考える仕事がしたかったからだ。

しかし、不景気や放送倫理の問題など様々なことが重なり、私が子供だった頃に比べて明らかにバラエティ番組は減っていた。

しかし、私は実際に仕事をしていくうちに、情報番組も好きになっていた。視聴者にいいものを紹介することや、こんな素晴らしいお店があるよといった提案は、楽しいことだと思えてきたからだ。そんなことを考えていると、重ねて質問がぶつけられた。

「バラエティ番組は楽しいですか？」

「勿論、楽しいよ」

私は即答した。いいや、即答してしまった。

私には即答する癖があった。私はその癖を反省し、脳みその中をパトロールした。

情報番組とバラエティ番組の間で優劣をつけることには意味がないと私は思っている。エンターテイメントとして人を楽しませるということではどちらも一緒だからだ。しかし、横山君の質問のおかげで、両者を比較する機会を得た。私が知っているバラエティ番組とは、人を笑わせ楽しさを届けるものだ。子供の頃、いろんな大人達から「そんな意味のないものを見るな」と注意された。でも、私にとってバラエティ番組は意味があり、生きる糧となる必要なエネルギーだった。ただ面白いから笑った。体を張ったり、面白い格好をしたりして、画面の向こう側で暴れ回る芸人さん達を見ると元気がもらえた。そして憧れた。だから一緒に仕事がしたいと思った。私は今も所謂バラエティ番組の仕事はできている。でも、かつて子供の頃に憧れた、私がやりたかったバラエティ番組はできていないのかもしれない。

実は情報番組よりも、むしろバラエティ番組の方がストレスを感じることが多い。なぜなら、アレもダメ、コレもダメと言われることが多いからだ。テレビは人を傷つけてはいけない。それはよくわかっている。でもそこに敏感になりすぎると、味気ないものになってしまう。私は、『バラエティ番組を創る』という仕事が、今はできていないんじゃないだろうか。

「バラエティは、どういうところが楽しいですか？」

さらなる質問に、私は、今度は即答せずに考えた。そして答えた。

「人を楽しませられるところかな。それを創るのが楽しい」

私はそう答えることができた。そうだ、私は創ることが楽しいのだ。だから情報番組も楽しいし、バラエティ番組も楽しい。楽しくない瞬間があるとすれば、それを創れていない自分へのストレスなのだ。

なんか格好つけて言ってしまったが、後悔はない。私の本当の気持ちなのだから。

「楽しくなければテレビじゃない」

懐かしい言葉を横山君が言ってくれた。楽しくなければテレビじゃない。深い言葉だ。私が子供の頃見ていた、大好きなテレビ局のキャッチフレーズだ。その頃は素直に、私はこの言葉が素敵だと思えた。でも、聞き手や話し手の解釈次第では、危険な言葉にもなる。

楽しければいいのか？　自分本位で楽しんでいればいいのか？　多分違う。みんなが楽しくなくちゃいけない。創っている人も、見ている人も、全部。全部。

「緒方さんは、テレビ以外に今、楽しいことはあるんですか？」

テレビ以外に今、楽しいことはあるんですか？

テレビ以外に今、楽しいことはあるんですか？

テレビ以外に今、楽しいことはあるんですか？

私にとって最高の質問が飛び込んできた。

いきなりのチャンスが訪れた。

さすが、私が見込んだディレクターだ。何というい い流れなのだ。言葉のパスを繰り返しているうちに、偶然ではあるが最高の形でゴール手前まで運んでもらえた。そして今、優しいタッチでセンタリングを上げてくれた。

横山君待っていろよ。もうすぐその答えを君に届ける。今、私がテレビ以外に楽しいこと。その答えは、小説だよ。小説を書くことだよ。それが今の私にとって一番楽しいこと。その小説を読んでもらえれば、私はもっと楽しい。あと、いくつかの言葉のパスを交わしたら、するりと私は君にお願いができる。

①「緒方さんは、テレビ以外に今、楽しいことはあるんですか？」
②「実は今、小説を書いているんだ」
③「え？　小説を書いているのですか？　いつ完成するのですか？」
④「実は今、完成したものがここにあるんだ。よかったら読んでくれないか？」

完璧だ。ここまでくれば断りようがない。もしこの状況で読むのを断ってきたら、きっと彼は魔物に違いない。しかし彼は魔物ではない。純粋で真っ白な人間だ。

もうすぐ私が望む展開になる。まさにゴールは目の前。素晴らしい。ここまで来られたのは私の力じゃない。君のおかげだ。引き出す力。その能力こそがディレクターの力なのだ。今まさに君はそれを体現している。私のような、しがない作家から、いい言葉を引き出してくれてありがとう。とても心地よい気分だ。

私が自然の流れで原稿を出せるチャンスをくれているのだ。

決めないといけない。絶対に負けられない戦いが、そこにはある。それが今。それがこの一瞬。

さぁ飛び込め！　緒方正平！

ワントラップしてシュートを決めるのだ！


「愚問でしたね」

？？？

愚問？　愚問って何だ？

「緒方さんはテレビ以外も、全てが楽しいですものね」

「どういうこと？」

「僕、緒方さんから教わったことがあるんです。僕が情報番組の仕事を楽しめていない時に『バラエティも情報も関係ない。楽しめれば全てがバラエティ番組。考え方一つでどんな状況でも楽しめるもんだ』、そう教えてくれました」

そんなこと言ったっけ？　ああ、思い出した。言ったな。確かに言った。

「その言葉があるから、僕は今でも楽しく仕事ができています」

「あぁ。そう」

「だから何でも楽しめる緒方さんに、今楽しいことを聞くのは愚問だったと思ったんです」

いや、愚問ではなく最高の質問だったけど。

「そうだよ。楽しまなけりゃいけないんだよ！」

思わず私は、そう即答してしまった。

すると、横山君が自己分析を始めた。まずい。

「今日、情報番組を楽しめていない自分がいたんです。でも、喫煙ルームで緒方さんとお話をしたら、楽しさの大事さを思い出せました。ありがとうございました」

……え？　まさか話は終わり？

やめてくれ。過去形でお礼なんて言わないでくれ。君は何故にそんなにも純粋なのだ。そしてそれは罪なことなのだよ。それを新しく教えてあげたいぐらいだ。君は私の望むものを感じ取れていない。それは君が真っ直ぐすぎるからだ。だから私のような欲の塊を美化してしまうのだよ。昔、イイコトを言ってしまった自分が嫌になる。どうして昔の私はイイコトを言ってしまったのだろう。きっと、イイコト言いますねって言われたかったに違いない。そんな気分でイイコトを言ってしまったものだから、結局、この大事な今、本来の目的が話せない。いつも私は何をやっているのだ。自己嫌悪とはこのことだ。

横山君、まさかこのまま終わりにはしないよね？

もう一度、テ、レ、ビ、以、外、の楽しいことを聞いてくれるよね。

君ならできる。もっと感じ取ってくれ。私の欲望を。

「僕、もう一度、情報番組と向き合ってみます。また来週お願いします。ありがとうございました」

……ゲームセット……。

横山君は水の入った灰皿に煙草を捨てると、私に深々とお辞儀をした。私の心のうちで起きていることになど気付くことなく、喫煙ルームから出ていってしまった。

「熱っ」

私の煙草はじわじわと燃え続け、吸い口に近づいていた。

私も煙草を捨て、新しい煙草に替えて、これをしみじみと吸った。

「うまくいかないなぁ」

誰もいない喫煙ルームで独り言を漏らした。

## 旧友に読んでもらおう！ 編

机の上に、私の書いた小説が置いてある。まだ私以外、誰もめくってすらいない原稿の束。生まれたての状態だ。

子供は生まれれば何人もの大人に抱き上げてもらえる。そうやって子供は愛情を覚えていくのだという。でも、この子は、父親である私にしか抱き上げられていない。不憫に思う。私のような気の小さな親から生まれてしまったものだから、まだ他者との触れ合いを体験していないのだ。

もしかしたらこのSF小説は、誰も読んではいけない呪いじみた小説なのでは、という恐怖すら感じる。いいや、この子を、そんなモンスターにするわけにはいかない。子供を立派な大人にするのは親の務めだ。何とか日の目を見せてやる。誰からも愛される息子にしてみせる。

そう己に言い聞かせながら、私は哀しき息子を封筒のお布団に入れてあげた。

私も自分の布団に入り、明日のことを考えた。

一体、誰に見てもらえばいいのだろう。じっくりと考えてみよう。

今のところ、妻、芸術家、後輩のディレクターと、ことごとく失敗している。このうちの誰一人として、世の中の誰一人として、私が小説を書いたことすら知らない。お悩み相談室に電話でもして、どうしたらいいか相談したいぐらいだ。

普段は、自分が行き詰まり、どうにもならない悩みにぶち当たった時は、妻が相談に乗ってくれる。この相談がきっとカウンセリングとなり、私の精神状態を保ってくれているのだと思う。

しかし今回は違う。妻すら頼れない。自分だけで解決しないといけない。途轍(とてつ)もなくつらい、孤独な戦いである。

私は分析する。なぜ、「小説を書いたから一度読んでみてくれないか」とあっさり言えないのだろう。私とは違う思考を持った作家なり小説家ならば、純粋に何も迷うことなく頼めるのだろうか。

きっと、私には自信がないのだ。いいや、むしろその逆で、自信・プライドの塊なのか。自己顕示欲が強すぎるのか。私が書いたものを高く評価されたいという汚れ切った欲望が邪魔をしているのだ。

私がいいと思っているのに、それを見た人がつまらなそうな顔をしたら……。面白くないと思われる恐怖。そのことを想像するだけで、小さな一歩が踏み出せないのだ。何を迷う。ダメなら仕方ないじゃないか。人生なんて、思い通りにいかないことの方が多いではないか。

何をそんなに怯えているのだ。いいものはいい。ダメなものはダメ。当たり前のことではないか。子供が絵を描き、親に見せる。なぜ見せるのか？　自分が作ったものを褒めてもらいたいから、あるいは自分がとてもいいと思ったものを人に知ってもらいたいからだ。私は、それと同じ気持ちを、この小説に感じているではないか。素直に言えばいい。素直に見てくれと言えばいい。

じゃあ、誰に頼めばいい。私の書いた小説を読んでみてはくれないか、と。

私の寝転ぶ布団の横から、小さな地響きがした。私の携帯電話が振動していた。私は電話を手に取った。江川（えがわ）と画面に映し出されていた。

「もしもし。久しぶり」

「緒方さん。お久しぶりです。今晩名古屋泊まりになったので、一杯いかがですか？」

「いいね。じゃあ名古屋駅に行けばいいかな」

江川と一緒に飲むことになった。江川は昔、名古屋で芸人をしていた男だ。現在は私と同じ職種で、江川速球（そっきゅう）という名で放送作家をしている。彼は名古屋ではなく、仕事の場を東京に移して活躍している。江川とは年に一度、電話で近況報告をするぐらいで、一緒に酒を飲むのは五年ぶりぐらいだと思う。名古屋駅の西側にある、手羽先の美味（うま）い渋めの居酒屋で落ち合うことにした。私は急いで着替え、妻に江川と会うことを伝えた。妻は気持ちよく送り出してくれた。

「正ちゃん。楽しんできてね」

「ありがとう」

「明日も仕事あるんだから、飲みすぎは注意だよ」

「そうだね。気をつける。いってきます」

玄関で会話を済ませ、家から名古屋駅に向かった。

無論。

念のため、小説もリュックサックに入れてある。

待ち合わせをした居酒屋に入ると、既に江川はカウンターに座っていた。キャップをかぶり、黒ぶち眼鏡をかけ、東京の放送作家らしいハイカラな雰囲気だった。

「あぁ、緒方さんだぁ」

「久しぶりだね」

今日は久しぶりに放送作家二人で飲むから、何となく焼酎(しょうちゅう)が飲みたくなり、芋焼酎の水割りを注文した。

「どうです？　名古屋は楽しいですか？」

「楽しいと言えば楽しいかな」

「ですよね。緒方さんは何でも楽しめますもんね」

どうやら江川にも『全てを楽しめる話』はしてしまっているようだ。

久しぶりに会った私達は、思い出話で盛り上がった。

初めて二人が出会った時の話、彼が芸人時代の話、一緒にコントを考えた時の話、悔しかった時の話、大いに笑った時の話。くだらないが、最高の話が続いた。

楽しくなった私は、小説のことは一度忘れることにした。今、それが大切なことではない気がしたからだ。

「緒方さん。作家って何ですか？」

江川は顔を赤くしながら、グラスに入った焼酎を飲み干した。

そんな彼の顔を見た時、私自身もかなり酔っていることに気付いた。

焼酎のボトルを見ると、半分以上減っていた。私も江川も飲めるようになったものだ。

十年ほど前は、二人とも全くお酒が飲めなかった。彼が芸人の時、ネタ番組のオーディションを受け、こっぴどくスベり、落選したことがある。その時に、二人で飲めない酒を飲んだ。今日は飲むぞと息巻いたものの、缶ビール一本も空けないうちにベロベロになり、ゲロを吐いたこともある。お酒を美味しいなんて思ったことは、ちっともなかった。

しかし、今、二人で飲む酒は美味しい。

人生の中で、お酒っていいなと思えることが増えたのは事実。お酒は、好きな人間と飲むと、美味しく感じる。そう思うようになったのも、年の功なのかもしれない。

「作家か……作家って何だろうね」

「僕、思うことがあるんです」

急に彼の目が鋭くなった気がした。彼はグラスに人差し指を入れコロコロと氷を回した。

「僕、作品を生みたいんです」

「作品か……」

彼もまた私同様、作品を求めていた。作家になると、みんな思うことなのかもしれない。放送作家は特殊な職業だ。テレビ番組ができた時、それは間違いなくみんなで生み出した作品であり、私だけの作品にはならない。放送作家というのはぼんやりとしたカテゴリーで、何ものでもないと感じる。世間から脚光を浴びることも少ない。むしろ光が当たってはならないというポリシーもある。放送作家は裏方であり、表に立つ人達を支える仕事だからだ。

それでも、ものを創っている以上、私が創ったのだと言いたくなる瞬間がある。何もない真っ白な状態から、面白いことや楽しいことを形にするためのカケラを探し出す。そのカケラを拾い集め、設計図を作る。その設計図を渡し、様々な職種の人の力を借り、形にしていくのだ。

そのカケラがなければ、作品は絶対にスタートしない。だが、最初のカケラのまま進むことはない。放送作家の見つけたカケラなどただのカケラにすぎず、形になって初めて作品となる。

だから自分の作品とは言い切れず、みんなの作品となるのだ。

自分だけの作品が欲しいから放送作家は本を書く。ドラマや芝居などシナリオを書く。その時、放送作家は出世魚の如く、脚本家もしくは小説家に生まれ変わることができるのだ。こんな思いがあったから、きっと私も小説を書いたのだと思う。そして江川もまた、私同様の思いから、何かを生み出そうとしているのだ。

「江川は何が作りたいの？」

「僕は餃子（ギョーザ）を作りたいんです」

「え？　餃子？」

私は耳を疑った。

「餃子です。餃子」

「餃子です。餃子？」

急に酔いが覚めたのか、あるいは酔いが回ったのか、私の予想とはまるで違う回答だった。

「餃子って、あの餃子？」

「あの餃子です」

彼が言う餃子は、私が知っている餃子に間違いないようだ。

「え？　何？　江川は作家をやめるの？」

「やめません。作家をしながら餃子を作ります」

許せない。私は純粋にそう感じてしまった。

死に物狂いでものを書き、作家は生きている。餃子屋さんだってポリシーを持って作っている。なのに、彼は両方を得ようとしている。さっきまで可愛いと思っていた後輩が憎らしく見えてきた。

「何で餃子なの？」

「餃子が好きだからです」

「でもさぁ、作家なんだから」

「緒方さんも一緒ですか」

私の言葉に被さるタイミングで、残念そうに江川は吐き捨てた。

「作家だから、餃子を作ったらダメなんですか？」

「ダメじゃないけど」

ダメではない。ただ、今の私には共感できない。作家はものを書いてナンボ。私の教科書にはそう書かれている。そして彼にもそう教えてきた。そうでなければ、作家など何者でもなくなってしまうからだ。

目を覚まさせないといけない。そんな正義心が湧いて出てくる。東京に行き、彼は変わってしまったのか。早く彼の間違いを正してあげないといけない。目を覚ませとひとこと言ってやらなければいけない。

そうだ。このタイミングだ。君が餃子のことを考えている間に、私は小説を書いたんだぞ！　と、伝えるのだ。これまでの自信のない私とは違う。今の私には卑小なプライドなどない。

彼の前に私が書いた原稿を叩きつけてやる。そうすればきっと彼の目も覚めるはずだ。

私はリュックサックに手をやった。

これを見ろと彼にぶつけてやるぞ。そう準備した瞬間、江川の方が先に口を開いた。

「ものを作るのに違いはないでしょ。どうしてみんな、ジャンルに縛られるんですか？」

江川の眼が真っ赤になっていた。彼は本気なのだと即座に感じた。江川が言う〝作品〟は、私が思う陳腐な作品とは違っていた。

「作家なんだから、何を作ったってよくないですか。作りたいものを作るのが作家。僕はそれが作家だと思います」

江川は大粒の涙を二滴も三滴も両目からこぼした。

目を覚まさないといけないのは私の方だった。江川の方が半歩先、いや百歩も千歩も先を行っていた。

確かにそうだ。もの作りは自由だ。陶芸家だって作家だし、デザイナーだって作家、そういう意味では料理人だって作家なのだ。作品が餃子なのかという特異な違和感のせいで、私は混乱したが、江川が言う作家論の方が正しいと素直に思えた。

「そうか……そんなに餃子が作りたいのか」

「……はい」

江川は悔しかったのか、うなだれながら肩を揺らした。違和感はまだ残っていた。熱く語り合ってはいても、やっぱり餃子というのがしっくりこない。

しかし江川の本気度は伝わっていた。

泣きながら語るほどの餃子とは何なのか？　彼が言う餃子とは、どんなものなのか？　知りたくなっている自分がいた。

「どんな餃子が作りたいの？」

「僕はハイブランドな餃子を作りたいです」

「ハイブランド？」

「一万円餃子です」

「高いね……どんなの？」

江川の考える餃子は、一万円もするハイブランドな餃子だった。

話を聞くと、彼の親戚は畜産農家を経営していた。親戚のおじさんは子宝に恵まれず、おじさんの代で終わりを考えていたそうだ。久しぶりに親戚のおじさんと話をした時に意気投合したらしい。おじさんは、無農薬のオリーブをえさに使い、どこに出しても恥ずかしくない豚を育てていた。しかし、小さな農家のため、経営はうまくいかず、安値で買い叩かれていたのだという。江川はその状況に憤りを感じた。なぜいいものがいい値段で売れないのか。そう思ったのだ。とはいえ、豚肉の新たな販売ルートなど、素人の江川に開拓できるはずもなく、何かいい手はないかと考えた。そこで思いついたのが餃子だという。おじさんの家で食べた餃子の美味しさを思い出したのだ。そこで江川は、おじさんの豚肉を使い、最高級の餃子を作ろうとあいなったそうだ。

「それにしても一万円は高い気がするが」

「世の中に高いものはたくさんある。Ｔシャツだって十万円するものもある。価値観を転換すれば、必ず売れると思います」

価値観の転換。作家らしいいい言葉だ。彼は人の価値観を変える自信があるのだろう。その思いと、湧き出る自信が、私が彼に抱いている不安や疑問をかき消した。

「江川……君の作品を食べてみたいよ」

私はにやりと笑うとグラスに人差し指をかけ、氷をコロコロと回した。

「で、その餃子はいつできる予定なんだ」

「未定です」

「…………」

「……僕の餃子は誰にも負けませんよ」

私は、もう一度彼を見た。自信満々に笑みを浮かべて悦に入っている江川がいた。まだ生んでもいない作品を売れると言い切る彼の凄みに、圧倒された。

彼は、私よりもクリエイターであり、アーティストだ。根拠のない自信ほど素晴らしいものはない。信じぬく力こそが何ものにも負けない強い力なのだ。私にはそれがない。私の思念が脳を駆け回る。なぜできない。なぜ言わない。

なぜ……なぜ……何故。

気付くと私はウォンウォンと泣いていた。

「僕のために泣いてくれるんですね」

江川も勘違いしてウォンウォンと泣いていた。


居酒屋で、中年二人が泣いている。

閉店間際に残っているカップルが、クスクスと笑いながら見ている。恥ずかしい。涙を止めないといけない。でも、涙が止まらない。勿論、江川のために泣いているのではない。自分の情けなさに泣いているのだ。今も喉元にひっかかった言葉が出てこない。この期に及んでも出てこない。

作品を私は作ったのだ。なのに、まだ作ってもいない餃子に負けている。私の書いた小説はやはりそんなものなのか。いいや違う。餃子に勝とうだなんて思わない。だが負けてもいない。そもそも、餃子と小説は間違いなく土俵が違う。

落ち着け。

今なら言える。今こそ言うのだ。

小説を書いたから読んでくれと。

ダメだ。酔いながら言うのは違う。なんだかそんな気がする。落ち着こう。酒の勢いで我が子を見せるなんて、言語道断だ。

「あのぉ、そろそろ閉店なんですが」

閉店時間がきてしまった。酔いながらも、私は財布を出し、会計を済ませた。泣き崩れる江川を抱え上げ、店を後にした。江川をホテルに送り、また会おうと約束を交わした。

この日の飲み会は終わった。私は千鳥足で自宅へと向かった。地下鉄はもう走っていない。私はヨレヨレになりながら、歩いた。

車の通りすぎる音が響く。街路樹は葉を失い、どこか寂しい。

空を見上げると、雲に覆いつくされ、星一つ見えない。

久しぶりだ。お酒を飲んで頭が痛い。

冬なのに、蟬(せみ)の声がする。

私は虚ろな意識の中、目を覚ました。

蟬のわけがない。音の主は目覚まし時計だった。私は目覚まし時計を止め、携帯電話を開いた。江川からお礼のＬＩＮＥが届いていた。

『昨日はありがとうございました。緒方さんも何か作品を作ったら教えてくださいね。また飲みましょう』

優しくも、今の私にとってはつらい文章だった。

二日酔いになるのは何年ぶりだろう。頭がグルグル回る。部屋から出た私はリビングに向かった。リビングには誰もいない。子供達は学校に行き、妻はヨガに出かけたようだった。私は仕事の準備を済ませ、家を出た。小説を書いて以来、初めて、原稿を家に置いていった。

何だか、誰にも見せる気がしなかった。と言うよりも、少し疲れたのだと思う。この数日間、寝てはいるが寝た気がしない。眠りが浅いように思う。原稿を誰かに見てもらおうと試みる作業は、常に緊張状態を作っていた。さらに、寝る前も起きてからも、小説を誰に見てもらうかを考えすぎて、オーバーヒートしているように思えた。戦士にも休息は必要だということだ。

地下鉄に乗り、待ち合わせ場所に向かう。この日は後輩の作家との打ち合わせだ。後輩の名は小松（こまつ）君。

小松君はとても生真面目な男で、根暗だが急に熱くなるという、どこか私に似た部分を持つ男だ。真面目すぎるがゆえに胃腸が弱く、すぐにトイレに駆け込むのが玉に瑕（きず）だ。

栄（さかえ）にあるムギタ珈琲店に入ると、待ち合わせの五分前にもかかわらず、小松君は奥の席で待っていた。

「小松君、お待たせ」

「おはようございます」

挨拶を交わし、コーヒーを頼み、打ち合わせは始まった。

今回の打ち合わせは、ライブで行うコントについてだ。我々放送作家はコントも書く。書かない作家もいる。常々思うが不思議な職種だ。放送作家の仕事はあまりにも多岐にわたるため、作家個人によって、仕事の内容が違いすぎる。最近はコント番組などが少ないため、当然コントを書くという仕事も減った。小松君や私のように、まだまだテレビだけでは食えない作家は、若手芸人さんと共にライブを行うことも多い。

ほとんどのネタは芸人さん本人が書くのだが、ライブの合間のちょっと芝居じみたコントは作家が書くことが多かった。この日は、若手芸人さんの何人かを使った集団コントのプロットを考える打ち合わせだった。

「じゃあ、今回は、インスタ好きの女子高生がアイドルの楽屋にやってくるという設定でいいですね」

「そうだね。所かまわず写真を撮って、楽屋を無茶苦茶にするコントでいこう」

コーヒーを飲み二日酔いも覚めたのか、この日のコントの打ち合わせは段取りよく終わった。私は煙草に火をつけ、小松君と雑談を楽しむことにした。

「小松君、いくつになったの？」

「僕、三十六歳になりました」

「え、もう？　時が流れるのは早いねぇ」

親戚が正月に集まると、必ずするような、さしさわりのない話のスタートだった。

小松君と出会ったのは十五年前、彼が二十一歳、私が二十五歳の時だ。彼は印刷会社に就職していたが、作家になる夢を諦め切れず、大手のお笑い事務所の作家部門に転職した。その頃、私も同じ大手お笑い事務所にお世話になり、ライブやテレビ番組のお手伝いをさせてもらっていた。そんな中、お笑いのネタ番組を担当した時、彼と出会い、仲良くなった。

年齢というのは不思議だ。私と小松君は四歳しか違わない。若い頃はこの四つの違いが大きく思えた。例えば中学一年生の頃、高校生はとても大人に感じた。体も大きく、分別もあり、楽しいこともいっぱい知っている大きな存在に感じたものだ。しかし今となると大した差を感じない。四十歳も三十六歳もそんなに違わない気がする。見てきたものも面白がるものも似ているし、もはや、同世代といったところだろう。

「そうか、三十六歳か」

「緒方さんは四十歳ですよね」

「そう、四十歳」

小松君に私の年齢を言われ、改めて自分が四十歳なのだと実感する。

自分が二十代の頃、あるいは十代の頃、四十歳といえば堂々たる大人であり、そして、自分が四十歳になる頃には、もっと偉い人になっている予定だった。これから五十歳、六十歳になった頃には、かつて自分が思い描いていたような大人になれているのだろうか。もっと立派になって、弱くない自分になれているのだろうか。

私の同世代の人、私よりも歳を重ねた先輩達は、どのように人生を考えているのだろう。何人の人達が自分に納得して生きているのだろう。納得できている人達は、どこで自分なりのゴールを見つけたのだろう。納得するためにはどれほどの努力をしたのだろう。それでもやはり「まだまだだ」と自分を鼓舞しているのだろうか。そんな疑問が頭に張りついた。

「四十歳になると何か変わりますか？」

「そうね……風邪が治りにくいとか」

「いや、そういうのじゃなくて」

「え？　違うの」

「違います。作家として見える景色です」

「見える景色は今のところ、変わってないかな」

「緒方さんでも、ですか……」

小松君は急に悲しそうな顔をした。

申し訳ない。私は、正直に答えすぎた。ダメな先輩だ。でも仕方ない。それが私なのだ。どうも上手に嘘をつけない。本来なら後輩に対し、夢や希望を与えないといけないはず。私がもっと堂々と納得のいく仕事ができていれば、彼に明るい未来を紹介できたのかもしれない。しかし今の私には、それができない。

二十二歳から放送作家を始め、今に至る。若い頃から変わっちゃいない。私に付きまとう景色は、灰色の不安。私は就職をしたことがない。だから、決まった月給やボーナスなどもらったことがない。その時々、人からもらう仕事を請け、お金をもらう。格好良く言えばフリーランス、職人だ。しかし現実は、下請け業者。お笑い事務所やテレビ局から仕事をもらう。四十歳になるが、「是非、緒方さんとお仕事がしたいです」と言われたことなんかない。決まって「緒方君。手伝ってみる？」と軽いタッチで相談される。つまり職人ではなく、手伝いの人。手伝いの人は、手伝うことがなければ仕事がない。いつ何時、仕事がなくなるか、わからない生活。

だから仕事を与えてくれる人を探し、頭を下げる。手伝わせてくれる人を探す。家族と幸せな生活を送るためなら、仕方がない。そう私は考えて動いてきた。今のところ、私の作家人生はそんなものだ。景色なんて変わっちゃいない。

「僕、作品を作りたいです」

昨日も聞いた台詞だ。若手の作家は、みんな同じことを考えているのか。

「作品って何?」

「わかりません。ただ、何かを作らないといけない気がします」

「確かにね。例えば、何だと思う?」

「強いていうなら……餃子ですかね」

「餃子!?」

嘘だ。若手の作家は、迷うと餃子に行きつくのか。私だけが不思議な世界に迷い込んでしまったのか。

私は小松君に質問を投げた。

「何で餃子なの?」

「……餃子好きですから」

「餃子が好きなんだ」

「僕、豊橋生まれで、子供の頃から餃子を食べていました」

「そうなの」

小松君が言うには、豊橋市には餃子専門店が多いそうだ。持ち帰りで餃子を買い、家族で食べるという食文化があるらしい。しかし名古屋には餃子専門店は少なく、もし店を立ち上げることができれば当たるのではないかと、小松君は考えているみたいだった。

「まぁ、餃子も立派な作品だからね」

「わかります!? ですよね! さすが緒方さんだ!」

小松君は興奮気味に私の手を握り、強引にシェイクハンドをしてきた。昨日の出来事があったおかげで、餃子への免疫ができていた私は、彼が求める答えを与えられたようだった。

「でも、餃子も甘くないと思うよ」

「ですよね。やっぱり逃げているんですかね」

「逃げている?」

「何か作家業が忙しくて、もっと違う形でお金儲けがしたいなんて思ってしまっているんです」

「そうか……。ならば、逃げているかもね」

小松君にとってはつらいかもしれないが、正直に答えた。江川と比べるのも変だが、餃子への熱意は明らかに小松君が負けていた。

「食べ物じゃないとダメなの？」

「食べ物じゃなくてもいいです。ただ安心できる収入形態にしたいんです」

小松君は切実な悩みを打ち明けた。

「未来が見えないですし、作家をやめたいとは思いませんが、このまま続けるのが怖いんですよね」

「確かにね……」

小松君に同感している私がいた。未来は明るくなければ前に進めない。暗く長いトンネルを歩いても、行き止まりかもしれない。それでも、私達は少しずつ前へと歩いてきた。しかし年齢を重ねると、歩いてきたこと自体が不安のもとになる。この状態は、小松君に限らず私もそうだ。もしかすると、多くの中年層が抱える不安なのかもしれない。

歩いてきてしまった以上、後戻りすることこそが、自己否定につながる。

この現象はパチンコとかのギャンブル依存によく似ている。今日は一万円までと決めておきながら、つい、一万円以上つぎ込んでしまう。その後は、つぎ込んでしまったのだから後戻りできないと自分への言い聞かせが始まる。そこからはズブズブとギャンブルの沼へと沈んでいく、そんな状態。冷静になれば、途中でやめることこそ正解。だのに、自分がしてきたことを否定したくない。

だから後戻りをしないという、間違った前向き思考が働く。そして待ち受けるのは敗北。私達作家の大半は、そういったパチンコのようなギャンブルを人生で行ってしまっているのだ。

私に成功体験があれば、彼に人生の攻略法を教えられよう。しかし、私は成功していない。彼と何一つ変わらない。違うのは少しだけ多く重ねた年齢ぐらいのものだ。

小松君は今、何を求めているのだろう。助言が欲しいのか？　あるいは今のように共感だけで満足してくれるのか。

私は再び自己嫌悪という列車に乗車してしまった。

「緒方さん……本とか書いたりしないんですか？」

「本？」

目が覚める質問が飛び込んできた。作家同士なら行きつく素直な流れ。山の頂上に雨水がたまり、下流へと流れ、川となる。そんな自然界の法則に似た、当たり前の流れだった。

今、私が抱えている『小説を読んでもらう』という最重要課題が、一気に解決できる瞬間が訪れた。しかも私の話は、小松君が抱える悩みを打ち消す特効薬になるかもしれない。Win-Winを手に入れる絶好の機会。

私は生唾(なまつば)を飲み込んで、ぼそりと答えた。

「本とは？　小説のこと？」

「はい。例えば小説とかですね」

引いている。明らかに引いているぞ。釣糸(つりいと)を大海に垂らし、釣り針についたえさを魚が突(つっ)いている。落ち着け、逃がすな。その魚はお腹がペコペコだ。もう少し待ち、確実に食いついたら、そこで一気に釣り上げるだけだ。

「実は……もう書いたんだ」

「え!!　凄いですね!!」

……釣れた。確実に釣れた。小説を書き上げてから初めての出来事だ。

右往左往しながら、読んでくれる人を探していた。私にとって長い戦いだった。しかしその戦いも、もうすぐ終わる。釣れる時というのは意外とあっさり釣れるものだ。ここからは、どんな作品かを聞かれ、説明をして、「読んでもらってもいいか」と一押しする。むしろ向こうから読みたいと言われれば、なおよい。

さぁ、小松君、次は君の番だ。

「どんな小説なんですか？」

「実は、ＳＦ小説なんだ」

よし、巻き上げるぞ。ゆっくりとじわじわと、かけた針が外れぬように、ゆっくりと巻き上げるのだ。

「どれぐらいの期間がかかったのですか？」

「半年間ぐらいかな」

「半年で書くなんて凄いです！　さすが緒方さんですね」

「そう言ってもらえると嬉しいよ」

いい流れだ。そろそろ読んでくれるかと聞いてみようか。否、できれば私からではなく、小松君の方から「読みたいです」と、言ってもらいたい。もう少し待てば必ず出てくる。我慢しろ。もう水面まで魚は上がっている。丁寧に、丁寧に釣り上げるのだ。

「緒方さんは書くことが好きなんですね」

「……まぁね」

私はコーヒーカップを手に持ち、ゆっくりとコーヒーを口に含んだ。まもなく魚が釣れる。

「本当、尊敬します。僕も逃げずに何かを書いた方がいいですね」

「まぁ、大変だけどね」

「そう言えば今日まとめたコントの初稿、いつまででしたっけ？」

「え？　あぁ、一週間後で大丈夫だよ」

嘘だろ。読みたいとなぜ言わない。もしかして、読みたくない？

可能性はある。今、彼は仕事で忙しい。今、読みたいだなんて言って、私の小説を仮に受け取ろうものなら、忙しい中、読まなければならない。苦痛になる可能性がある。危険からの回避本能が働いたか。

私にも経験がある。先輩からあまり面白くなさそうな映画を薦められて、「いいですね。ボクも見てみます」と半ば社交辞令的に言ってしまったことがある。それからというもの、先輩と会う度に「映画見た？」と聞かれる苦痛を味わった。それが耐えられず、忙しい中、無理をして映画を見に行く羽目になった。それ以降、映画に限らず、ラーメン屋や演劇など薦められたものはなるべく早めに行く、そして社交辞令はやめ、本当に興味があるものしか食いつかないようにした。

つまりだ。今、小松君はその状況なのではないか。

小説の話を故意にはずし、仕事の話に戻したのではないか。

そうか、そういうことならば、私から仕掛ければ、読ませられる。

話のレールを敷いたのは彼だ。敷いてしまった彼が悪いのだ。よし、小松君に読んでもらおう。

いや、待て。違うぞ。それは違う。もはやそれはパワハラだ。先輩が書いた長編小説をいきなり読めと言われたら、読むしかない。読みたくもない本を読むほど苦痛なことはない。しかも、私は必ず、彼の感想を欲してしまう。それは私が嫌がった先輩の行動と変わらない。それはできない。後輩にそんな思いはさせられない。

さらにだ。私が読んでと言ったものを読んで、正直な意見が返ってくるだろうか。くるわけない。例えば、これが私の妻だったら正直な感想をくれるであろう。しかし後輩の小松君は、思ったことを言えないだろう。彼は私よりも小心で、すぐにお腹が痛くなってしまうような男だ。私が読んでくれと言ったせいで、腹痛が増えてしまうのは目に見えて明らかだ。

やはり、私からではなく、彼からの「読ませてください」をもらわなければ、解決しない。しかも、社交辞令ではなく、自らの意志で、本心から読みたいと思ってもらわなければならない。

まさか釣れたと思ったはずの魚を逃してしまったのか。教えてくれ小松君。

「一週間あれば、まとめられると思います」

「そう、わかった。ほかのコントはコチラでまとめておくね」

最大のチャンスを逃してしまった。


コーヒーを飲み終え、今後の仕事のスケジュール確認をし、私達は喫茶店を出た。

「緒方さんお疲れさまでした」

「お疲れさま」

「あと、緒方さんの書いた小説、読ませてもらってもいいですか」

「え……今、何と？」

「緒方さんの書いた小説、読んでみたいんです。もしよかったら読ませてください」

「本当に読みたい？」

「読みたいです」

「……ありがとう……」

私は彼の手を強く握りしめ、頭を深々と下げた。

「どうしたんですか？」

「いろいろ、あったんだ……すぐに原稿を出すね」

私は幸せを噛みしめながらリュックサックから原稿を出そうとした。

「あ……」

最悪だ。今日、原稿を家に置いてきてしまったことを思い出した。

「どうしました？」

「いや、実は原稿を家に置いてきてしまったんだ」

「そうですか。じゃあ、パソコンメールで送ってください」

「そうする！　そうする！　じゃあ、メールで送るね」

「よろしくお願いします」

私は小松君と別れた。寒空の下、開けてしまったリュックサックのファスナーを閉めた。

二転三転したが、初めて私が望む結果になった。

あとは、家に帰り、パソコンから私の書いた小説のデータを送るだけだ。

長かった。本当に長かった。喜びを噛みしめ、私は足早に自宅に向かった。

地下鉄に乗ると、電車の振動と心臓の鼓動がシンクロした。自分が興奮状態であることがすぐにわかった。駅を出て、走り出したい気持ちにもなったが、四十歳のおやじが息を切らし、ハアハアとダッシュする様は気持ちが悪い。はやる気持ちを抑え、早歩きで自宅に向かった。

「おかえりなさい」

「ただいま」

普段なら、妻の顔を見てから自分の部屋に入るのだが、今日は違う。

早く小松君に小説を送らなければならない。

私は部屋に入ると直ぐ、パソコンの電源を入れた。パソコンは水面に小石が落ちたような音色を立て、ゆっくりと目を覚ました。画面上に残る小説のフォルダを開いた。もうすぐだ。初めて私以外の人の目に届く。

メール画面を開き、送信画面に小松君のアドレスを準備。

そして私の書き上げた小説のデータを添付した。あとは送信アイコンをクリックするだけだ。あとは小松君にあずける。

「……いってらっしゃい」

我が子の背を押し、そっと送り出すように優しくクリックした。

# 再び芸術家に読んでもらおう！ 編

「クシュン」

嫌な季節がやってきた。窓の外を眺めると、公園に咲く桜の花が美しい。桜は好きだが春は苦手だ。花粉症のせいだ。

私の小説を小松君に送ってから三ヶ月が経っていた。

未だ何のリアクションもない。読んでいるのか、それとも読んでいないのか、わからない。仕事で何度も会ったが、小説の話にはならない。

もしかして、読んでいるが、全く面白くなくて感想を言えないのではないか。そう思うと、私の頰(ほお)は、桜よりもいっそう薄紅色に染まる。

こういう事態を一応は想定していたが、甘く考えていた。これほどの恥ずかしさは味わったことがない。小松君に会う度、ドキドキしてしまう。彼がいるとどうもソワソワしてしまう。仕事にならない。最近では、気付くと自分の方から小松君と距離をとり、避けてしまっている。

小松君への対応、そぶりを書き出してみると、初恋の状況と変わらないじゃないか。そんな自分が気持ち悪い。

私は部屋に残っている原稿を手に取った。

「もう一度渡しに行くか……」

いや、意味がない。パソコンデータは間違いなく送信した。送信しているのに原稿を渡すなんて常軌を逸した行動だ。小松君の返答がない以上、やはり違う人に見てもらうしかない。

やはりこうなると妻しかいない。妻に頭を下げれば、きっと読んでくれる。私は部屋から出て妻を探した。

妻は子供達が散らかした部屋を片付けていた。

「あの……」

「何？　ゴメン正ちゃん。あとでもいい？」

ふと、妻の視線を見ると、台所に洗い物がたっぷり残っていた。さらに奥の部屋を眺めれば、洗濯物もどっさり残っている。

「今、ちょっと忙しいんだ」

「いや……手伝おうか」

「大丈夫。今から掃除機かけるから喫茶店でも行ってきて」

妻はニコリと微笑み、私を気遣い、外に出してくれた。

この日に限っては、その優しさは罪だ。家事の手伝いをすれば、洗い物をしながらでも相談できただろう。しかし、そんな未来も潰(つい)えてしまった。私は花粉症対策のマスクを装着し、原稿を入れたリュックサックを背負い、外に出た。

暖かな日差し。陽気も最高。花粉さえなければ百点満点の季節だ。

ふらふらと歩きながら、喫茶店には寄らず、家の前の公園に入った。午前中なので人は少ない。小さな子供が二人、砂場で遊んでいる。その後ろで母親達が喋っている。

私は誰も座っていないベンチに座った。部屋から見えた桜がある。マンションの窓から見るよりも、ベンチから眺める桜の方が、迫力があった。大地に根を張る桜は、偉大に見えた。

それに比べて、私という人間はどれだけ小さいのだろう。

思い返せば、小説を書いてから、毎日、誰に読んでもらうかばかり考えている。睡眠時間も削られ、どうも地に足がつかない。最近では、頼まれた仕事を忘れてしまう時も出てきた。胃腸もきしむ。こんなことなら、小説など書かなければよかったとさえ思えてくる。

そんなことを考えながら桜を見上げ、ため息をついた。

桜の花びらがひらひらと揺れている。私のポケットの中も小さく揺れた。

また、あいつからの連絡だった。LINEの内容を確認した私は、近所のムギタ珈琲店に向かった。


「これが最新の〝愛ちゃん〟です」

ムギタ珈琲店のテーブルに、忌々(いまいま)しい物体が置かれた。

芸術家である田川は〝愛ちゃん〟を量産していた。

この三ヶ月間、私は大げさではなく週一ぐらいのペースで田川に呼び出されている。その都度、様々な形の〝愛ちゃん〟を見せられている。

田川が作る〝愛ちゃん〟は、お人形に限らず、お絵かきレベルに近いデッサン的なものもあった。この日の〝愛ちゃん〟は、木彫りのトーテムポールのような長さ三十センチほどのものだった。

とにもかくにも田川が作り出す作品は全て〝愛ちゃん〟なのだ。

これも全て私のせいだ。私が「何か凄い」などと言ってしまったものだから、彼を調子づかせてしまった。彼はものすごい勢いで芸術と向き合い、作品を生み続けている。ただし、私の頭では理解できないものばかり。例えば、この作品達が商品だったとして、誰が買うのだろうか。かなりの確率で値はつかないと思う。

しかしながら否定はできない。私は芸術において素人だからだ。美術市場ではどういったものが売れるのかもわかっていない。だから簡単には否定できない。

「今回も、何か、凄いね……」

毎度毎度のセリフが出た。

何か、凄いという言葉しか出てこない私は、無力だ。

「ですよねぇ、ですよねぇぇ」

これも毎度ながら彼の自信には頭が下がる。自分の作品に何の疑いもない。強き〝芸術家〟であることは間違いない。

「この作品って、これからどうしていくの？」

「勿論、売るつもりです」

危険だ。彼は商人の一面も持っている。

「実際、もう売り出し中すよ」

「え？　もう売り出しているの？」

「はい」

「どこで？」

「メルカリっす！　メルカリぃぃ」

陽気なテンションで、田川は叫んだ。

「そうなんだ。実際いくらぐらい？」

「最初の愛ちゃんは、一万円です」

「まぁまぁするね」

ちょっと待て！　〝愛ちゃん〟に一万円は高いだろう。

江川が言っていた餃子がお買い得に感じる。

「ほかは？」

「相場は五千円から一万円ですね」

田川は自慢気にスマホをこちらに向けた。見ると、メルカリの田川の個人ページには、びっしりと〝愛ちゃん〟の画像が並んでいた。

無論、ＳＯＬＤの文字は一つも見当たらなかった。

しかしながら、こうも異質な物体が整然と並んでいると、迫力は感じた。

もしかすると、これが、芸術なのかもしれない。

私は画面に並ぶ〝愛ちゃん〟を見つめた。一つ一つ見ると違和感だらけだが、やがて全ての〝愛ちゃん〟に一つの共通点を見つけた。

「これ全部、ハートがついているね」

「そうすよ。それが愛ちゃんです」

「そうか……これが愛ちゃんか」

何だろう。このスッキリ感。この爽快感。様々な作品の全てにハートがついていた。と言うより、田川目線で言えば、ハートに異物がついているのだ。ただの意味不明なものではなく、彼なりの意味が表現されていたのだ。

そう考えると、芸術も面白いものだ。作品を眺めながら作者の気持ちを読み取り、自分なりに分析する。それこそが芸術の楽しみ方なのかもしれない。

ありがとう田川。少しだけ芸術の世界に足を踏み入れることができた気がするよ。よし、その気持ちで今回の作品を見てみよう。今回の作品には、果たしてどこに〝愛ちゃん〟がいるのかな？

『ウォーリーをさがせ！』みたいに楽しめばいいのだ。そうなれば、今度から田川に呼び出され、謎の作品を見せられたとしても、ちょっと楽しい気がする。

「緒方さん……緒方さん、緒方さん！」

田川が私の名を呼んでいる。

「……ゴメン！　ちょっと考えごとしていて」

「スマホばっか見てないで、今回の愛ちゃんを楽しんでくださいよ」

「そうだね。楽しませてもらうよ」

もう大丈夫。なぜなら田川の作品の楽しみ方がわかったのだから。それでは楽しませていただくよ。今回の〝愛ちゃん〟はどこにいるんだ。私はトーテムポールのような木彫り版〝愛ちゃん〟を持ち上げ、様々な角度から眺めた。

「どうしたんですか。今回は、やたら眺めますね」

「まぁね。何か楽しみ方がわかったんだ」

「そうなんですね。嬉しいです」

田川は、いつもより大きく頷き、微笑んでいた。

しかし、今回の〝愛ちゃん〟は難解だ。どこを探してもハートがない。つまり〝愛ちゃん〟が見当たらない。どこだ。〝愛ちゃん〟はどこだ。私は右から左、上から下まで舐めるように〝愛ちゃん〟を探した。

「なんか今日の緒方さん、猟奇的ですね」

「そうかな。芸術ってそういうものだろ」

ない。ハートがない。〝愛ちゃん〟がいない。

どこに〝愛ちゃん〟はいるのだ。てか、そもそも〝愛ちゃん〟って何だ。もうハートでいいや。どこにハートは隠れているのだ。

見つからないのが悔しい。田川にハートのありかを聞くか。いやダメだ。負けた気がする。ここまできたら、何とか自分で見つけたい。しかし、どこを探してもハートがない。

ヒントぐらい聞いてみるか。

ダメだ。負けるな！　緒方正平。せっかく楽しみ方がわかったのだ。存分に楽しめばいい。制限時間があるわけじゃない。見つけ出すのだ。自分の力で。

「緒方さん……緒方さん」

「なになに、もうちょっと待って」

「いや、その呼び出しておいて、あれなのですが」

田川は店の壁に掛けられた丸時計を見つめた。あろうことか、お店に来て二時間も経っていた。

「部屋の片付けがあるんで、帰ってもいいですか」

田川は私から〝愛ちゃん〟を引き上げた。

「ちょっと待ってくれ」

私は田川の右腕を摑んだ。

「今回の〝愛ちゃん〟はいくらだ？」

## ポッドキャスターに読んでもらおう！ 編

買ってしまった。どんな理由であれ、私は田川に負けた。

「はぁぁ」

机の上に置かれたトーテムポール型〝愛ちゃん〟を眺め、私は大きくため息をついた。

何という失態。こんな異物に一万円も使ってしまった。ここは芸術家デビューへの祝儀としてか、または彼を茨の道へと送り出してしまったお詫び代として考えるしかない。

しかしながら、妻にこのことを伝えたら絶対に叱られる。出費を削り、工夫をしながら生活をやりくりしている妻が、このような異物に一万円も払ったと知ろうものなら、怒髪(どはつ)天を衝(つ)き、家を飛び出す事態になりかねない。

私は〝愛ちゃん〟を持ち、隠し場所を探した。

「正ちゃん。コーヒーを淹れたけど飲む？」

扉が急に開き、そこに妻が立っていた。妻は不思議そうな顔で〝愛ちゃん〟を見ている。

「なに、それ？」

「いや……ロケ先のお土産」

「お土産？　なんか気持ち悪いね」

「そうでしょ。でも貰い物だから、どうしようもなくて」

「仕方ないね。テーブルの上にコーヒーあるから飲んでね」

「……ありがとう」

すまない。許してくれ田川。お世辞にもこれを素晴らしい作品とは言えない。

私は心の中で謝罪した後、〝愛ちゃん〟を押入れにしまった。

コーヒーを飲む。妻の淹れるコーヒーは美味い。どこにでもあるインスタントコーヒーなのだが、私の舌に丁度合う。妻は粉末コーヒーをスプーンに二杯入れるだけだというが、私が淹れてもこの味にはならない。レシピ通りに作っても微妙に変わるのだから、コーヒーは面白い。

「ねぇ正ちゃん。今日は仕事？」

「あぁ、そうだよ」

こういった質問になるのは緒方家の日常だ。私の仕事は自宅作業が多い。会議やロケなどは時間が決まっているが、自宅作業の時間は決まっていない。

放送作家というのは不思議な仕事である。例えば、傍から見ると何もせずポカンとしているようだが、頭の中では空想という仕事を続けている。頭の中ではコントのキャラクターやロケで動いていただくタレントさん達が、縦横無尽に駆け回っている。私の想像内のものだから、頭の中のキャラクター達はほとんどが面白くないことを言う。嫌になるが、繰り返し空想する。

そして、面白いことを言うのを待つ。面白いことを言ったら、メモをとる。そんな作業を繰り返す。それが頭の中の仕事だ。

だから、家でゴロゴロしていても、妻は今、私が仕事をしているのか否かを聞いてくれる。私は、ほぼ仕事中だと伝えている。無論、何も考えていないのに仕事中ですなんて嘘をつく日もしばしば。これについては引退後、謝罪しようと思っている。

「そうか、じゃあ難しいね」

「何で？」

「よかったら買い物行ってきてほしいなって」

「いいよ。買い物ぐらいなら行けるよ」

「本当!? じゃあお願い」

そんなに意外だったのか、かなり嬉しそうに妻は喜んでくれた。

そういえば、思い返すと、私は家の仕事や買い物などを手伝ったことは少ない。心の中で反省しながら、私は妻に頼まれたメモを持ち、家を出た。向かう先は青田スーパー。いつも自分が行くスーパーではなく、妻に指定された隣町の小さなスーパーだ。

妻曰く、青田スーパーは魚や野菜が安くて美味しいそうだ。安くて美味しいお店を探す主婦の努力には頭が下がる。

隣町へ車で移動し、青田スーパーに到着した。

午後三時ぐらいだったからか、店には客がおらず、私専用のスーパーとなっていた。スーパーは楽しい。いろんな食材が並び、色彩豊かで美しい。旬の野菜や魚を見ると、季節も感じられる。

私は妻に頼まれた野菜や魚を籠(かご)に入れ、レジに向かった。

「……三円かかりますが、レジ袋はいりますか?」

「あっ、お願いします」

不覚にもエコバッグを忘れた私はレジ袋を買い、白い台の上で食材を整理し、野菜と魚をレジ袋に入れた。その時、私は後ろから視線を感じた。

視線を感じた方を振り向くと、先ほどのレジの男が慌てて、顔をそむけた。

おかしい。私はいったん、視線を逸らし、再び見てみた。やはりレジの男は、先ほどと同じようにそっぽを向いた。

私の目には黒々とテカるストレートヘアの男の後頭部が見えている。なぜ私に視線を送ってくるのか？　私は恐る恐る、その男に近づいていった。このつるつるとした黒髪。見たことがある。

「もしかして？　矢方君じゃない」

「どうも、緒方さん久しぶりです」

とろりとした夕レ目、オズの魔法使いに出てくる案山子のような頬のこけた顔。老けてはいるが、若い頃の面影はある。

レジの男は間違いなく矢方博だった。


「矢方君じゃん！　久しぶり！」

「久しぶりです」

「いくつになったの？」

「四十歳です」

「あれ？　同い年だったっけ」

「いや、学年で言うと一つ下です」

矢方博四十歳、以前同じアルバイト先で働いていた男だ。年齢は四十歳で同い年なのだが、私は早生まれなので、学年で言うと彼が一つ下だ。学年で言うと一つ下。大人になって起こる不思議なやりとり。久しぶりにこのくだりを味わった。

矢方君と会うのは二十年ぶりだ。お互い二十歳の頃に、居酒屋のバイトで知り合った。私は放送作家を目指し、彼は俳優を目指していた。

だから、気も合ったし、その頃はよく遊んだ。

彼が所属する劇団のお芝居も見に行ったことがある。その頃はお世辞にも面白いと言えない芝居だった。そのせいかよく口論にもなった。若気の至りだ。今ならば脚本の苦労もわかるし、違う言葉で叱咤激励していたと思う。

彼との付き合いは長く感じるが、意外に短かった。一年も経たずに、彼は東京に行ったからだ。最初のうちは連絡を取っていたが、それもやがて途絶え、現在に至る。

「さっき、こっちを見ていたのに、何で声をかけてくれなかったの？」

「いや、僕なんて覚えてないと思いまして」

ネガティブな発言。これこそが矢方君だ。昔も今も矢方君らしい。この気持ちは私もよくわかる。よくわからない気遣い。誰よりもたくさん見てほしいのに、見てくれと言えない感じ。

思い出す。彼と私はそっくりなのだ。

「覚えているよ。逆によく覚えていてくれたね」

「覚えていますよ。緒方さんは僕の青春ですから」

「青春？」

「いや……何と言いますか」

矢方君は急にもじもじし出し、目をキョロキョロさせた。

「まさかボクのことが好きとかじゃないよね」

「違いますよ！　自分が俳優を目指していた時は、青春真っ只中ですから」

「そうだね。お互い夢を目指していた時だもんね」

何だか清々しい気分が広がった。

いつまでも、もじもじを続ける矢方君と、現在の電話番号を交換すると、意外にもお互い電話番号は変わっておらず、嬉しい気持ちになる。矢方君は仕事中のため、話を切り上げ改めて会う約束をした。

買い物を終え、妻に食材を渡した。晩ご飯のアジフライを楽しんだ後、矢方君に連絡をした。お互いが住むちょうど間の駅、本山(もとやま)駅で落ち合って、安価な居酒屋で軽く飲むこととなった。

「矢方君、今は何しているの？」

「僕ですか、僕はスーパーでアルバイトです」

「そうか、じゃあフリーターということ？」

私は心配気に彼に尋ねた。職業差別をするわけではないが、四十歳でフリーターというのはいただけない。私には、そういった古い考えが残っている。そんな私の心配が伝わったのか、矢方君は生ビールを一気に飲み干した。

「緒方さん。僕には夢があるんです」

「夢？」

「そう夢です」

「まさか俳優？」

「違います。先ほども言いましたが俳優はやめました。すみません！　ビールおかわりください」

矢方君の声が店内に響いた。さすが元俳優。腹式呼吸ができている。店員さんからビールが届くと、矢方君はまたもや一気に生ビールを飲み干し、空になったジョッキをテーブルに置いた。

「緒方さん、ポッドキャストって知っていますか？」

「ポッドキャスト？　聞いたことないけど」

無知な私で申し訳ない。馴染みのない言葉だ。矢方君はおもむろに自分のスマホを見せてきた。画面の中にはＰｏｄｃａｓｔと書かれたアプリが映っていた。

「ポッドキャストとは、インターネット上で音声や動画のデータファイルを公開するインターネットラジオの一つです」

矢方君は私にそのアプリを見せながら饒舌（じょうぜつ）に語ってくれた。

彼曰く、ＰｏｄｃａｓｔはアメリカでNOPE始まったサービスらしい。ｉＰｈｏｎｅの中には最初から入っているアプリの一つで、iPhoneを持っていれば無料で楽しむことができるという。実際にアメリカでは人気があり、言わばラジオ版YouTubeのようなものだという。しかし日本ではあまり浸透しておらず、市民権を得ていないことに、彼は苛立ちを感じていた。

「僕は日本でポッドキャスターになりたいんです」

「ポッドキャスター？」

「そうです。ポッドキャストで喋り、生活をしていきたいんです」

矢方君の目は血走り、何とも言えぬ迫力だった。

実際、彼はすでにいくつか番組を持っていた。番組によっては、数百から数千のリスナーが登録していた。しかしながらYouTubeと違い、スポンサーがなかなかつかないという。どれだけ面白いことを話しても、どれだけいいことを言っても、一銭にもならない状態らしい。

「だから、僕はバイトをしながら活動を続けているんです」

「矢方君はどうしてポッドキャスターになりたいの？」

「ポッドキャストが僕を助けてくれたからです」

矢方君がＰｏｄｃａｓｔに出合うまでには、ちょっとしたドラマがあった。

東京に行き俳優を目指したが、その夢は破れ、十年前に名古屋へ帰郷した彼の心は空っぽになっていた。

実家に戻り、何もしない生活。

何もかもが嫌になった。仕事もせず引きこもり状態。

部屋の中で過ごす毎日。最初は大好きなテレビを見た。テレビの向こう側で活躍する俳優やタレントを見ると、吐き気がした。

自分は目の前にあるテレビという箱の中で動き回るはずだった。しかし、現実は箱の前に座り、茫然と見つめるだけ。自分の存在意義を疑い、己の小ささに嫌気がさした。

そして逃げた。彼はテレビ画面を拳で割った。拳からは血がしたたり、瞳からは涙がしたたり落ちた。矢方君はテレビを捨てた。

その後、彼はインターネットを開いた。そこではユーチューバーという新たな職種が生まれていた。画面の中で自由に駆け巡り、好きなことをする。そんな姿が美しく見えた。自分にもできるかもしれないと思えた。

しかし、前には進めなかった。その時の矢方君には、あの小さな画面の中で動き回る勇気がなかった。ＹｏｕＴｕｂｅを使って、自分は何を届けたいのかわからなかったからだ。そしてスマホ画面にあったＹｏｕＴｕｂｅも削除した。

何もしない日々は続いた。世界からの隔離。自ら選んだ道。

仕方ない。自分は何ものでもないのだから。そう思っていた。

ある日、頬に蚊が止まった。自らの頬を手の平で叩いた。「痛い」久しぶりに声を出した。ふと、カレンダーを見た矢方君は愕然とした。一週間、声を出していないことに気付いた。このままではいけない。

そう思った矢方君は、部屋から飛び出した。一階にいた母親に朝の挨拶をした。母親は泣きながら、嬉しそうに矢方君を抱きしめてくれた。

その日から、母親と喫茶店には出かけられるようになった。

喫茶店に行き、何をするわけでもなく、客の会話を聞くようになった。何気ない日常。笑い、喧嘩、痴話言など、人にはそれぞれいろんなドラマがあることを知った。そんな日常の会話の素晴らしさ、日常にある面白さを伝えたいと思うようになった。

そして、スマホをもう一度開いてみた。自分がやりたいこと、伝えたいことを発信するにはどうしたらいいのか調べてみた。そこで出合ったのがＰｏｄｃａｓｔだった。テレビやＹｏｕＴｕｂｅとは違う、音や声だけの世界。

自分の居場所が見つかったと思えた。

Ｐｏｄｃａｓｔに出合い、自分はなぜ、俳優になりたかったのかも思い出した。

演じたいのではない。目立ちたいのではない。伝えたいことがあるのだということを思い出した。自分はドラマが好きなのだと気付いた。幾多数多あるドラマ。

脚本などなくていい。どんな人でも必ず持っているドラマの素晴らしさを伝えたい。そして誰しもが主人公になれることを伝えたい。そして矢方君は、自分もまた主人公なのだと思えたのだという。

「僕、カフェを始めたんです」

「カフェ？　バイトをしながら？」

「はい。お店は赤字なんですが、母親と二人でカフェをやってます」

「行ってみたいな」

「今日は休みなんですが、お店覗いてみます？」

「いいの？　もしよかったら行ってみたいな」

私は矢方君の誘いを受け入れた。会計を済ませ、本山駅を越え、坂道を上がった。道が進むにつれ、人はどんどん少なくなっていった。気付けば、私と矢方君しか人はいなくなっていた。空を見上げると綺麗なお月さまが見えた。

「ここです」

古い建物にカフェの看板が掛かっている。

「《なんで今さらＣＡＦＥ》。なんか矢方君らしいネーミングだね」

「ですね」

はにかむ笑顔が愛らしく見えた。矢方君はポケットの中からジャラジャラと鍵の束を出した。その中から一つを取り出し、扉を開けた。

小さな扉の向こうには細長い階段があった。小窓から差し込む月明かりのおかげで階段を上ることができた。矢方君はそそくさと小走りで店に入り電気をつけた。

明るくなった部屋にはテーブルが二つ。

その一つにはマイクが二本置かれていた。その横にはパソコンが一台あった。奥にはカウンターがあり、コーヒーメーカーが置かれていた。お世辞にも広いとはいえない窮屈なスペースだった。

「どうぞ」

白いマグカップから湯気が上がっている。酒のあとには最高のご馳走だ。私は遠慮なくコーヒーをいただいた。

矢方君は、自分を救ってくれたＰｏｄｃａｓｔを配信するため、このカフェを作った。

「ここで、そのポッドキャストというのを収録しているの？」

「そうです。ここで週三回ほど収録しています」

矢方君は四つの番組を制作し、世に送り出しているという。

無論、スポンサーなどいない。いつかお金を生み出すことを信じて喋り続けている。その生活は、夢を見るミュージシャンや若手芸人のようだと私は思った。

階段下の扉からカラカラと小さな鐘の音が鳴った。こんな時間に誰かと思ったら、白髪の女性が腰を少し丸めて階段を上がってきた。

「あら、いらっしゃいませ」

しわくちゃな笑顔で私に声をかけてくれた。年代は私の母親ぐらいに感じた。七十歳は超えているであろうが、薄化粧で、気品を感じさせる可愛らしいおばあさんだった。

「今日は休みだよ。こんな時間にどうしたの？」

「いやー明日のモーニングの準備をしようと思ってね」

「緒方さん。うちの母です」

「お母さんでしたか。緒方です。初めまして」

薄化粧の女性は、矢方君のお母さんだった。

名古屋の喫茶店は独特な文化を形成していて、モーニングというものがある。モーニングとは、コーヒー一杯の値段で、トーストや、ゆで卵がつくサービスのことだ。そのサービスは年々過剰になり、うどんや、おしるこを出すお店もある。《なんで今さらCAFE》でも、そのモーニングを出しているみたいだ。

「お母さん。モーニングはやめようと言ったでしょ」

「ダメよ。朝から楽しみにしている人がいるんだから」

矢方君のお母さんはそう言いながら、厨房に向かっていった。

「モーニングを出すと赤字が重なっちゃうんですよね」

しかめっ面した矢方君が呟(つぶや)いた。

「そうなんだ。優しいお母さんだね」

「優しいのか？　どうなんでしょう。本当にモーニングはやめたいんです」

「そんなに売り上げが変わるの？」

「変わりますよ。一度出してしまったカツ丼が、やめられないんです」

「カツ丼!?」

このカフェの近くは学生街らしく、一度試しに出してしまったモーニングカツ丼が評判になり、カツ丼目当ての朝客が増えてしまったそうだ。今では、やめるにやめられず、赤字になろうが続けているという。

「コーヒーにカツ丼とは凄いね」

「ですよね」

矢方君は俯きつつ、ため息をついた。

「お菓子出しますねぇ」

厨房からお母さんが、『ぱりんこ』を持ってきてくれた。

「ありがとうございます。お気遣いなく」

「いいえ。博のお友達ですか？」

「はい」

「コチラの方は緒方さんといって、昔アルバイトの時にお世話になった先輩なんだ。放送作家をされているんだよ」

「そうですか。それは凄いですね」

「凄くなんかないです」

凄くなんかない。得体の知れない私の職業は、何一つ凄くない。いや、凄い放送作家はたくさんいるが、私は微塵も凄くない。褒められると自己嫌悪に陥ってしまう。

今まで何度も経験したことだ。

「で、放送作家って何ですか？」

「ちょっと！　お母さん！　テレビの仕事だよ！　テレビの！」

先輩の私を気遣い、矢方君は焦っていた。しかし私は、全く失礼とは思わない。むしろ救われた気分だ。お母さんの正直な質問は、私の中にはびこる自己嫌悪を一掃してくれた。

「テレビの仕事ですか。博もテレビに出たことあるんですよ」

「やめろよ。お母さん、恥ずかしいよ」

「昔、東京に博がいた時ね。時代劇に斬られ役で映ったんですよ」

「正確に言うと、斬られ役の人の横にチラッと映ったね」

矢方君は、はにかみながら訂正した。

「この子、夢ばっかり大きくて、俳優になるんだって言い出して、名古屋でもやって、その後は東京で。結局、ものにはなりませんでした。それで、戻ってきたら……ポットなんとかってのを始めましてね」

「何回、教えればいいんだよ。ポッドキャストだよ」

「そうそう。ポッドキャスト。何だかわかりませんが、ラジオみたいなもので、私も、ハマっちゃいましてね。聞くととっても楽しいんです」

お母さんは本当に嬉しそうな笑顔で、楽し気に、私に語ってくれた。

母親というのは、いつまでも子供のことが可愛いんだなと思う。矢方親子の会話は、ほっこりとした優しい空気を私に提供してくれた。

「緒方さんは、ポッドキャストを聞いたことはあるんですか？」

「いや、申し訳ないです。無知ですみません。今日、矢方君に教わりました」

「だったら是非聞いてみてください。面白いですよ」

「いいよ、お母さん。宣伝は」

「何を言っているの！　宣伝しないでどうするの」

親子の小競り合いが始まった。

「矢方君。よかったら聞き方教えてよ」

「えぇ！　いいんですか！」

さっきまでの矢方君からは想像もつかないほどの喜び方だった。

「じゃあ、教えますね」

矢方君は興奮を抑えながら私に自分の番組の聞き方を教えてくれた。

「じゃあ家に帰ってゆっくり聞くね」

「ありがとうございます」

「夜も遅くなってきたんで、そろそろ帰るね。今度はお客さんとして来るよ」

「ありがとうございます」

矢方君は頭を下げお礼を言ってくれた。横を見ると、お母さんも頭を下げてくれていた。

私も頭を下げ、階段を降りた。矢方君も付いてきて、見送ってくれるようだった。

「じゃあ。今日は最高の夜だった。またね」

「はい」

私は別れを告げ、家に帰ることにした。

家に帰ることにした。

家に帰ることにした。

家に帰ってはダメだ。ビッグチャンスじゃないか、緒方正平。今、間違いなく交換条件として成立させるチャンスじゃないか。

今、夢を追っているポッドキャスターの番組を聞く約束をしたのだぞ。私の書いた小説もどうぞと渡せば、読んでくれる。読んでくれるに決まっている。早く告げねば。私は何をさっくりと帰ろうとしてしまっているんだ。

「矢方君！」

私は振り返り、矢方君を呼び止めた。

「忘れ物ですか？」

「いいや、そうじゃないんだ。実は」

しまった！　原稿が手元にない。いや大丈夫だ。原稿は、また後日持ってくればいい。読んでもらう確約さえ取れれば問題ない。私は勇気を振り絞り、矢方君に思いを告げた。

「実は、小説を書いたんだ」

「小説、緒方さんが書いたんですか？」

「そうなんだ。君と同様、人に思いを伝えたくて小説を書いたんだ」

「凄いですね！」

矢方君は目をらんらんとさせ、興奮していた。

今までにない食いつきだ。もうまもなく読ませてほしいという有難い言葉が私に返される。もうまもなく。もうまもなくだ。

「…………」

「…………」

矢方君は口をパクパクさせている。なぜだ？　なぜ何も言わない。

読ませてほしいと言うんだろ。早く言ってくれ。

「…………」

「…………」

…………言わない。

「…………」

……何で言わない。

仕方ない。私から言うしかない。私から言うんだ。勇気を出せ。言わねば前に進まない。

何度同じ道を歩むのだ。読んでほしいという気持ちを正直に伝えるだけじゃないか。愛だってそうだろ。愛されたいと言わなけりゃ気持ちなんて伝わらない。お洒落なミュージシャンだって言っている。感じとれなど、おこがましい。私は小説家じゃない。プロじゃないんだ。コチラから頭を下げて頼むのが筋だ。何で私は、そんな簡単なことに気付かなかったのだ。

頼めばいい。正直に。そして真っ直ぐに。大丈夫。断られるわけがない。読んでもらえる条件は揃っている。ほぼ勝ち戦だ。もしも、この状態で断るとしたら、彼は鬼だ。

絶対大丈夫。勇気を出せ。

「矢方君、ボクの小説を読んでくれないか？」

「…………」

固まっちゃっている。どうして？

「失礼かもしれませんが、長いですか？」

「長い？」

「いや、短編か長編かが気になりまして」

「長編だけど」

「長編ですか……」

おい！　がっかりするな。長いとダメなのか。

「僕、緒方さんには嘘をつけません」

「どういうこと？」

「小説、読んだことないんです。正確に言うと読みきれたことがないんです」

「そうなんだ。でも試しに読んでみたら……」

「ごめんなさい」

鬼。

「短編ですら読み切れないのに、長編なんて絶対に無理です」

無理なんて世の中にないよ。読むだけだよ。

「もしも読むと言って、読み切れなかったら失礼だと思います。腑甲斐(ふがい)ない僕ですみません」

矢方君は深々と頭を下げた。

「緒方さんが書いた小説だから、間違いなくいい作品だと思います。緒方さんの作品は本の好きな人に読んでもらう方が絶対にいいと思います」

「……そう……仕方ないね」

私は魂を抜かれた気分だった。矢方君の実直さが裏目に出た。真面目すぎるが故に進んでしまったネガティブシミュレーション。恨むことすらできない。仕方ない。

「僕のラジオ、聞かなくても大丈夫です」

「聞くよ。それは聞くに決まっている」

私は少し声を荒らげてしまった。

「小説を読んでくれないから聞かないなんてないよ。それとこれとは別だし、矢方君の番組に興味があるだけだから全く気にしないで」

「ありがとうございます」

「じゃあ、またお邪魔するね」

「ありがとうございます」

矢方君は何度も何度も、お辞儀した。

私はスマホにイヤホンをつけて、さっき教えてもらった矢方君の番組を聞いている。心地よいリズムで日常を語っていた。

私はその話を聞きながらクスリと笑った。この番組が終わる頃には家に着くだろう。今日はとっても月が綺麗だ。

でも月がうっすら滲(にじ)んでいる。

# 初恋の人に読んでもらおう！編

新年度が始まると仕事がばたつく。私はＶＴＲを再生しながら、苦手なナレーションを書いていた。

放送作家の仕事の中に、『ナレ書き』というものがある。ディレクターが作ったＶＴＲに合わせてナレーションを書くというものだ。お店の情報や番組の流れなど、視聴者にわかりやすく面白く伝えるためにナレーションを書き加えていく。作家にとって力量が試される仕事の一つだ。

そのプレッシャーのせいか、私はこのナレーションを書く仕事がとても嫌いだ。日本語が思うように出てこなかったり、言いたい言葉が決められた尺の中に入り切らなかったりする。とてもストレスがかかる仕事だ。得意な人ならば短時間で済むのだろうが、私は得意でないため長時間かかる。

今日もそんなストレスと戦いながらパソコンに向かっていた。

「一服するか」

私は席を立ち、いつも通り、台所にある換気扇の下へと向かった。

煙草をくわえ火をつける。ジリジリと紙が燃える音がする。心地よいこの音は、いつもストレスを和らげてくれる。

くわえ煙草でスマホを手に取った。ＬＩＮＥには仕事関係のメッセージが届いているようだ。しかし、今は開くのは、やめておこう。さらなるストレスがかかってしまうと、頭が混乱してしまう。

私は既読にならぬよう気をつけながら、画面をスクロールした。見たことのないアイコンが目に入った。イタズラや迷惑ＬＩＮＥかと思った。しかし、何か胸騒ぎがした。

一応見てみよう。私はひまわりの写真のアイコンを開いた。

『久しぶり。覚えてる？　持田（もちだ）優香（ゆうか）です』

私の心臓は高鳴った。煙草をすぐ消し、返信を送った。

『持田さんって？　北東（ほくとう）高校の持田さん？』

虚しくも、既読にならない。不思議な切なさが私を襲った。

持田優香。

この名前を聞くと、私の胸は苦しくなる。

高校時代、好きになった女性。初恋の人。憧れの人。

持田優香は同級生ではあるが、とても大人っぽい女性だった。スポーツも万能、成績も優秀。彼女の周りには友達も多く、さらには男友達も多かった。しかも男友達は高校生でありながらクラブに通ったり、コンパを楽しんだり、いわばイケてるグループの人達。それに比べて私は、漫画を読んだりテレビを見たりと、とてもインドアな高校生。彼女とは到底釣り合わない。いってみれば高嶺の花。そういった感じだった。

しかし高校三年生の時、文化祭で同じ班になった。喋る機会が急に増えた。意外にも彼女とは趣味が合った。彼女は私と同様、お笑いが好きだった。漫才師やコント師、バラエティ番組など、お互いの情報交換は、二人の距離を予想以上に詰めた。

彼女との会話は私の高校生活に色を添えた。今からすれば、これこそが青春なんだなと思った。文化祭はイケてるグループの祭典。私にとって何ひとつ楽しいものではなかったが、この年だけは違った。文化祭の準備、会議、どれもが、楽しい時間に変わっていた。

しかし文化祭が終われば、魔法は解ける。話す機会が減ることは明らかだった。

ある日、下校途中、映画のポスターが目に入った。

当時、活躍していたお笑い芸人さんが、初の映画に挑戦するというもの。私は勇気を振り絞り、彼女にこの映画を観に行くデートを申し込むことにした。映画の前売りチケットを購入し、チケットを握りしめ、文化祭の前日、私は彼女をデートに誘った。彼女は意外にもあっさりと了承してくれた。天にも昇る気持ち。私はこの日、間違いなく地球で一番の主人公になれた気がした。

デート当日、シャワーは三回も浴びた。待ち合わせ場所の名古屋駅。高鳴る胸を抑えながら、ミント系のガムを嚙みしめ、彼女を待った。

でも、来なかった。

一時間、二時間、三時間待っても来なかった。

家に電話する勇気もなかった。地下街のお店のシャッターが順々に閉まっていく光景を覚えている。

恥ずかしさ、虚しさ。いくつもの悲しき感情。

その日、私は地球上で一番惨(みじ)めな主人公になった。その後、学校に行っても彼女に会わないようにした。

いつも逃げ回る高校生活へと変わった。

卒業式の日、ちらりと彼女が目に入った。イケメンで茶髪の不良少年と手をつなぎ、写真を撮っていた。恨むことすらない。圧倒的敗北感。

高校生活とともに、私の初恋もピリオドが打たれた。


そんな持田優香からの連絡。なぜだ？　二十年以上は経っている。

なんの用事があって私に連絡をしてきたのだろう。

恋や愛ではない、なんとも言えない感情。置き去りとなった青春時代の思い出。胸の苦しさが呼び戻されてしまっていた。

再びＬＩＮＥを確認するが、私の返信は既読にならない。

まただ。また彼女のお戯れだ。もう見るのはやめよう。きっと間違いか、イタズラだ。

私はスマホを閉じた。

すると、またＬＩＮＥが入った。

『急に緒方君のこと、思い出してＬＩＮＥしちゃった。もしよかったら電話して』

持田優香の文章の最後に、電話番号が載せられていた。

ドキドキとは違う、胸を襲う窮屈な感じ。

私は勇気を出して電話をしてみることにした。

「……もしもし。緒方ですけど」

「…………」

私が呼びかけると数秒の沈黙が続いた。

「…………もしもし」

女性の声がする。懐かしい声。間違いない、持田優香だ。

「本当に？　持田さん？」

「緒方君、久しぶり」

持田優香は少し照れながら挨拶をした。

私達は近況報告を中心に、会話を続けた。

持田は、高校を卒業して東京の大学に進学。その後、東京でアパレル関係の仕事についた。そこで知り合った男性と三十二歳で結婚。子供はまだいないらしい。夫婦共に仕事を持ちながら結婚生活を送っているみたいだ。持田は自らアパレルブランドを立ち上げ、近々、名古屋に支店を出すことになり、その準備でたまに帰ってくるらしい。その時に高校時代の同級生と会い、私がテレビ関係の仕事についたことを聞いたらしい。懐かしさと興味があいまって、連絡先を調べてわざわざ連絡をしてくれたみたいだ。

「緒方君。凄いじゃん。お笑い好きだったもんね」

「うん。お笑いの仕事は少ないけど、なんとかやってる」

「尊敬しちゃうな。自分の好きなことで仕事しているなんて」

「持田さんだって、自分で会社を立ち上げるなんて凄いよ」

「そんなことないよ。ねえ、もしよかったらお茶でもいかない」

「え？」

私の心に戸惑いが芽生えた。またすっぽかされるかもしれない。それに何だか、妻への罪悪感もある。

「無理ならいいよ」

しかし、聞きたいこともある。なぜあの日、デートに来なかったのか。今の私は、持田から、どう見えているのか。

昔よりは少しだけ大きくなれた気はしている。自分が今、いかほどの男になったのか。いろんな好奇心が私の感情を支配した。

「いや、無理じゃないよ」

「じゃあ、いつにする？」

二十分ほどの長電話が終わった。持田とは週末に会うことにした。名古屋駅にある、お酒も飲めるカフェを指定された。

何とも言えない緊張感が残った。一息ついて、私はナレーションの仕事に戻った。


持田と会う週末がやってきた。私のカバンには〝あいつ〟が入っている。なぜ持ってきてしまったのか。

実は電話した時、私が携わったテレビ番組が見てみたいというので何本か面白いと思える番組をＤＶＤに焼いた。

その作業中に、ちらりと可愛い〝あいつ〟が目に入った。

私以外、誰も読んでいない小説。いつ何時、まさかのタイミングで小説の話になるかわからない。なった時に物がないのでは話にならない。持田とは、そう何度も会う機会があるとは思えない。ともあれ持田が、今私に少なからず興味を持つ人であることは間違いない。もしかしたら、緒方君が書いたのならば、と読んでくれるかもしれない。そんな小さな期待を胸に、カバンに入れたのだ。

歩きながら思う。しかし、私は何と小さな男なのだろう。いつもならリュックサックで出かけるのに、今日は少しでも大人に見せようと手さげカバンにしてしまった。リュックサックより手さげカバンの方が大人に感じる。そう思うこと自体が子供じみているとも思うが、そのせいでＤＶＤやノートパソコン、そして原稿の束がいつもより重く感じていた。

持田が指定した店に到着した。ウッド調の家具が並ぶお洒落なカフェだ。

私は緊張を隠しながら店内に入った。

未だに不安は消えない。まだまだすっぽかされる可能性は残っている。私は席についたが、連れが来てからと注文を断った。

水を飲む。水で冷やされた水は、火照る私の心を少しだけ冷ました。

「緒方君？」

後ろから声がした。ふわりと爽やかな香水の匂いがする。

振り向くと、白色のスーツを着た女性が立っている。

髪の毛は落ち着いた茶髪。少し毛先が巻かれている。上品ないでたち。あか抜けたお洒落な女性だった。間違いなく持田優香だ。昔と変わらず可愛らしい。と言うよりも、昔より色気も増し、より女性らしくなっていた。私と同じ四十歳とは思えない若々しさ。肌もケアしているのだろう。シミもなく張りがある。なのに、私よりも大人っぽく見えるのは不思議な感覚だった。

「持田さん。久しぶりだね」

「本当、久しぶりだね」

持田は笑顔を見せながら、ぴょこりと私の前の席に座った。そして慣れた様子で、すぐにビールを注文した。

私もビールを頼んだ。普段、ビールは飲まない。なぜなら、すぐに酔ってしまうからだ。でも頼まずにはいられなかった。酔わずには堂々と喋れない気がして、お酒の力を借りることにする。そんな日もあってもいい。そう思った。

「どうして、連絡してくれたの？」

私は率直に質問した。

「頑張っているって聞いて、なぜか会いたくなっちゃった。迷惑だった？」

「全然、迷惑じゃないよ」

先日話した近況について、もう一度確かめた後、お互いの仕事の話に花が咲いた。持田は、私の仕事にかなり興味を持っているようだった。

確かに、言われてみれば珍しい職業なのだろう。自分の中では慣れっこになってきているが、芸能人に会うこともある。そういう意味では華やかな仕事だ。昔から考えると、テレビの仕事ができているだけでも、幸せなのかもしれない。そんな気持ちも芽生えてきた。

持田はいろんな質問をしてくれた。どうして放送作家になったのか、今の仕事の楽しいこと、つらいことなど、思い出話をすることなく、現在の私について次々と質問した。

酒のせいか、いつもより流暢（りゅうちょう）に喋れている気がする。私が質問に答えるとへぇーと感心しながら聞き、時には笑い、持田は私のトークを弾ませた。間違いなく持田は私の仕事に興味を持ってくれているようだった。

「緒方君にはまだ夢があるの？」

「夢……」

夢、懐かしい響き。持田と夢について語るなんて何年ぶりだろう。

文化祭の準備をしていた時、二人で夢について語った。

私はお笑いが好きで、放送作家になりたいと言った。

彼女は夢がないと言っていた。

高校を卒業したら当たり前のように大学に行き、そして当たり前のように結婚して、当たり前のように子供を産む。そんな人生になりそうだと言っていた。あの頃の私は、そんな彼女を見て不思議に思った。なぜ夢がないのか。私は、夢は持った方がいいよなんて、通り一遍の回答をした。彼女は「やっぱり夢がないといけないよね」そう寂しい顔で呟いた。あの時の私は、軽薄で酷い男だった。

今となれば不思議になんて思わない。むしろ持田は大人だったのだ。夢を語るのは自由。でも現実は違う。その夢が叶うか叶わないかは、様々な条件がうまく合致するかどうかにかかっている。

例えば思い。例えば努力。例えば覚悟。例えば運命。

どれもが偶然噛み合った時、夢は叶う。今はそう思う。

夢を持っていれば偉いのか。夢を叶えたから偉いのか。絶対に違う。夢とは、あくまで人それぞれ。他人がとやかく言うことではない。夢を測ることほどバカバカしいものなどないのだ。

夢がないと答えた当時の彼女は、今の私が感じるような思いを漠然と感知していたのだろう。だから寂しい顔をしたのだと思う。

何も感知できなかった当時の私は、ただただ軽々しく夢を語っていたにすぎないのだ。

「夢か……何だろうね……」

「何か意外」

「何で？」

「緒方君なら、すぐに答えるかと思った」

少しがっかりした表情の持田がいた。私に何を期待していたのかわからない。今でも夢を大きく語る私を求めていたのか。東京を目指す。何かの賞を取る。世界をひっくり返す。そんな子供じみた夢を語ればよかったのか。

ふざけるな。私は夢を諦めたことなどない。夢の諦め方すらわからない。私の夢は、私の夢は、私の夢は何だ？

今の私の夢が……見えない。

見えない。私は諦めてしまったのか。大人であることを逃げ道にして、諦めてしまったのか。私は、あの頃なりたくなかった大人になってしまったのか。

「私はあるよ」

持田がぼそっと呟いた。私は彼女のふっくらとした唇を見ている。

「私はもっと幸せな人を増やしたい」

「え？」

「今の仕事を大きくして、幸せな人を増やしたい」

持田が、昔よりも大きく見えた。

もっと幸せな人を増やしたい。彼女の言葉が胸に刺さった。何を忘れていたのだ。私もそうだ。幸せな人を増やしたい。だから放送作家をやっている。

子供の頃はわからなかった。漠然と放送作家になりたいと思っていた。大人になって、放送作家になって、初めて見えてきたことがあって、自分の仕事の意味を考えるようになった。人を笑顔にしたり、人に感動を与えたりしたい。それが私の夢ではないか。その夢を叶えるために新たな挑戦を始めたんだ。

それが小説。そう小説だ。

私が書いた小説には、物語を通じて、そんな思いがちりばめられている。私が思う、本当の世界の真理。そんな思いをぶち込んでいる。小さな幸せの素晴らしさ、非力でも戦いぬく美しさ、信じぬく偉大さ、私が伝えたいことが書かれている。

持田と久しぶりに会い、気付かせてもらった。

さぁ、今から君に伝える。今なら言える。私の夢を。

そして私の夢が具現化された、魂の原稿を君に渡す。

私の視線は、持ってきた手さげカバンに向けられた。

「緒方君。どうして、私があなたに会いたかったかわかる？」

「え？　仕事の話を聞きたかった？」

「違うよ。お礼を言いたかったの」

「お礼？」

「私、東京に行っても夢が見つからなかった。見つけるつもりもなかった。でも節目節目で、なぜか緒方君の言葉が頭をよぎっていた。夢は持った方がいいって」

「そうなんだ」

「だから私、自分の夢を考えるようになった。そして見つけた」

「何か嬉しいよ。あと、少しでも力になれたのなら、それも嬉しい」

「緒方君は、自分の夢を実現させた。本当に尊敬してる」

「夢を叶えたわけではないけどね」

「いいえ。叶えているよ、私なんかより。緒方君は高校生の時にやりたかった仕事をしている。凄いと思うよ」

「凄くはないけど。でも何かそう言われると、正直嬉しい」

「自信を持って。緒方君は凄いんだから」

沸々と力が湧いてくる。自信なんて、ない。持ったこともない。そんな私を、持田は褒めてくれている。

本当にありがとう。涙がこみあげそうだ。

「私……緒方君の力になりたい」

持田はぼそっと静かな声で呟いた。不思議な気持ちだ。人から賞賛される、応援される喜び。

どうして持田は、こんなに私のことを思ってくれるのだろう。私も知らず知らずのうちに人に力を与えることができていたのか。少しだけだが、自分のやってきたことが間違いでなかった気がする。我武者羅に仕事をやってきた。人に褒められるような作品はできていない。でも真っ直ぐに自分の仕事を続けたということで、一生懸命の素晴らしさを人に伝えられたのかもしれない。

少しだけ、自分を褒めてあげたい。緒方正平。ここまでよく頑張った。でも、まだ途中。

夢の途中。終わっちゃいない。始まってもいない。

持田と酒を酌み交わすことで、自分という人間が分析できる。

漠然と追い求めた夢。そんな夢を少しずつ形にしていく。

小説だって第一歩。この小説を読んでもらうことで、緒方正平のドラマは第二章へ突入するのだ。彼女に読んでもらいたい。

夢を追いかける人同士ならわかり合える世界。きっと彼女なら私の思いの詰まった小説を読んでくれるはずだ。

「本当、ありがとう」

持田は急に私にお礼を言った。こちらがお礼を言いたいぐらいだ、と私は思った。

「緒方君のおかげで、私は進むべき道がわかったの」

「そうか。持田さんは服の仕事でみんなを幸せにしたいんだね」

「ううん。服じゃないの」

「服じゃない?」

「服の仕事もしているけど、今、私新しい仕事をしているの」

「そっちが持田さんの夢?」

「そう」

持田は自分のバッグに手をやった。

「緒方君。……お水買わない？」

「お水？」

「そう。お水。超自然神力水（ちょうしぜんしんりきすい）というの」

「ちょう？　しぜん？　しんりきすい？」

「チベットのとある高僧のもとで修行されたお坊様がいてね。その方が厳しい修行の末、見つけた力があるの。それが、人間誰しもが持つナチュラルパワー」

「なちゅらる？　ぱわぁ？」

「修行をすれば、誰でもその力は出せるのだけれど、やっぱり修行は難しい。そんな人のために開発されたのが、この超自然神力水」

目の前に五百ミリリットルのペットボトルが置かれた。超自然神力水と仰々（ぎょうぎょう）しく楷書体で書かれている。

何だろう。お酒のせいかな。頭がほわほわしてきた。

持田の喋りは止まらない。テーブルにはいろんなパンフレットが置かれている。なぜ私は、長いひげを蓄えた小太りのお爺ちゃんの写真を見せられているのだろう。

「そのお坊様が神成然水先生という方で、とても人徳のある方なの。この方のナチュラルパワーを電気分解して自然水に注入することで、超自然神力水は完成するの。これを飲むと、隠れたナチュラルパワーを引き出すことができるんだよ。凄いでしょ」

「凄いね」

「この超自然神力水は、焼酎やウイスキーを割っても美味しいのよ」

「お酒と飲んでもいいんだ」

「うん。とっても美味しいのよ。本来なら五十本セットで十万円する代物なのだけど、緒方君にはサンプル持ってきたから安心して」

「ありがとう」

今度は二百五十ミリリットルの小さな超自然神力水が置かれた。

「これ、もらっていいの？」

「もらっていい！　もらっていい！　試してみて。きっと緒方君の役に立つ」

真っ直ぐな純粋な目で私を見ている。信じがたいが、持田は私をだましてなんかいない。

本気で薦めてくれていることはわかった。物はどうあれ、彼女は私のためによかれと思って、超自然神力水を紹介してくれている。

「あの持田さん。一つ質問があるんだけど」

「何？」

「高校の文化祭の前日、ボクがデートに誘った時、何で来なかったの？」

「え？　デート誘われたこと、あったっけ？」

私の青春に決着はついた気がした。

## 後輩を信じて読んでもらおう！編

自分の部屋の、押入れの中に、超自然神力水が仲間入りした。その横にはトーテムポール型の〝愛ちゃん〟がいる。神棚でも置こうものなら、新興宗教でも始めたと思われても仕方がない。

妻には絶対見せられない光景だ。

昨夜、超自然神力水の素晴らしさについて二時間ぐらい聞かされた。何だか心配になった私は、持田に高額な会費など取られていないかと問うた。彼女は月額二千円ぐらい払っていると言う。

自分は、これについては反対だとハッキリ意見を述べた。でも、否定はできない。世の中に正解はない。人それぞれ価値観は違うし、信じるものや、すがるものも違う。実際、持田優香と自分とでは、青春の頃の思い出の比重も、大きく違った。

私から彼女に連絡することは、今後ないだろう。

思い出を汚されたからではない。超自然神力水を薦められたからでもない。彼女は彼女の人生を送っている。私は私の人生を送っている。今、会うことを繰り返しても、どちらにとっても幸せな話にはならない気がしたからだ。

幸せとは難しい。人は信じるものが違えば、どちらかが意見を曲げないかぎり、交わることなどない。とくに、今の私と持田は、遠い対極にいると思えた。

どちらが正解かはわからない。でもきっとまた、めぐり会う日は来ると思う。なぜなら、どちらも、お互いの幸せを思っていることには違いないからだ。

また何気ない日常が始まった。

気を取り直して私は仕事の準備をした。会議資料をリュックサックに詰め込む。そして、手さげカバンから原稿を取り出し、再びリュックサックにしまい直した。

誰が読んでくれるかわからない私の原稿。拳銃に弾丸を詰め込む作業に似ている。少しだけハードボイルドな気分を味わった。

この日の仕事は、意外にもあっさりと済んだ。プロデューサーが別番組の緊急会議があるとかで、私達の番組の会議は、最低限の確認レベルで終わったのだ。私の仕事では、こういったケースも珍しくはない。会議が当日なくなることだってある。なぜだか、こういう日は得した気分になる。不謹慎だが、子供の頃に味わった、台風の影響で学校が休みになった時に似ている。

急に訪れた休息。私は大好きなムギタ珈琲店に行くことにした。

アイスコーヒーを頼み、喉を潤す。今日は暖かい。こんな日はアイスコーヒーのブラックに限る。なぜだろう。いつにもまして幸せだ。今オフィスで必死に働いている方々に申し訳ない。平日の午後二時に何も考えずアイスコーヒーを大好きな喫茶店で飲めるなんて、こんな幸せはない。

今日は何だかついている気がする。ほっと一息ついていると、私の携帯電話が鳴った。

「もしもし」

「緒方さん。どこにいらっしゃいます?」

電話の主は小松君だった。

小松君は、私の後輩の作家。そして私の小説を唯一、目にしているであろう男だ。ついている。もしかして彼は読み終えたのか。

静かだった日常が急に波立った。はやる気持ちを悟られぬよう、深呼吸してから私は話した。

「いつものムギタ珈琲店にいるけど。どうしたの？」

「ちょっとお話ししたいことがありまして」

「お話？」

来たかも。ついに来たかも。ついに彼は読み終えたのか。

私を焦らすなんて、憎いことをしやがる。話したいことって何だ？

今週の仕事の件で小松君と話すことはない。まさか恋愛話だなんてこともないだろう。

今、小松君と話すことがあるとしたら、小説しかない。

小説のことなのだろ。小松君。

そうなのだろ。小松君。

「何の話？」

「小説のことでお話がしたいんです」

「あぁあぁ、アレね」

「今から行ってもいいですか？」

来た！　ついに来た！　無茶苦茶、気にしていたけど気にしていなかったフリも上手にできた。

「あぁ、勿論」

私は電話を切り、小さくガッツポーズを取った。

長かった。この日のために、どれほどつらい日々を送ったことか。しかし、やっとこの呪縛から解放される。

今日は何だか違う。何だかついている。

そういえば、朝起きて朝刊で占いを見たら私の星座は二重丸だった。

そういえば、ムギタ珈琲店に入った時、いつもは一人席に回されるのに今日はなぜだか四人席に座っている。

そういえば、朝になると取り合いになるトイレも一番に入れた。

やばい。ついている。つきすぎて怖いぐらいだ。今日という日は何かが違う。ラッキーが続いている。

少し落ち着くため、残ったアイスコーヒーを飲み干し、おかわりのアイスコーヒーを頼んだ。

アイスコーヒーが届く。ストローで氷をくるくると回した。心地よい振動が指に伝わる。

カラカラと氷の音がする。私は少しずつ落ち着きを取り戻していった。

入口で、カランカランと鐘の音が鳴った。

新たな客が入ってきたようだ。私は入口を見た。

待ちに待った小松君が、店の中に入ってきた。不思議だ。なぜだか今日は小松君が男前に見える。小松君は奥の四人席に座る私に気付き、軽く会釈した後、小走りで近づいてきた。

「すみません急にお邪魔して」

「全然問題ないよ。座って。何か飲む？」

私はメニュー表を開いて小松君に見せた。

「いただきます。すみません。アイスミルクをください」

私がアイスコーヒー。彼はアイスミルク。運命を感じる。

白色と黒色。いい流れだ。白黒はっきりつけようではないか。

小松君の前にアイスミルクが届いた。小松君も急いで来てくれたのか、おしぼりで顔の汗をぬぐった。そして、アイスミルクを飲んだ。アイスミルクで喉が潤うのだろうかという疑問は残るが、そんなことはどうでもいい。それよりか、早く本題に進みたい。小松君は小説の話がある、と私の前にやってきた。間違いない。ついに小説の感想が聞ける。私以外の人が読んだ、小説の感想を。

私は何気ない日常会話から始めることにした。

「今日は暖かいね」

「そうですね。花粉症、大丈夫ですか？」

「スギ花粉だから、もう終わりかけかな。クシャミは減ったよ」

「そうですか。それはよかった」

どうでもいい。何で私は花粉症の話をしているのだ。花粉症の話などいつでもできる。もっと言えば、そんな話はしなくていい。この日、この時、この場所で話すことは一つしかない。

小説だよ。小説の話だよ。小松君。もう焦らすのはよしてくれ。頭がどうにかなりそうだ。もういい。ここは勇気を出して、私から仕掛けるしかない。なぁに。心配することはない。今日の私はついている。

『小説読んだ？』ぐらいのソフトなタッチで聞けば、小松君も話しやすいだろう。

さっさと本題に入ろう。目の前の獲物をみすみす逃すわけにはいかない。私は虎だ。そして彼は鹿だ。虎は、ライオンのように獲物を追いかけ回したりはしない。気付かれないようにゆっくりと近づき、茂みに隠れ、待ち伏せをする。まさに虎視眈々。

そしてタイミングを見計らい、飛びつく。彼は今、のうのうとアイスミルクを飲んでいる。彼は私の殺気に気付いていていない。

よし、今だ。聞くぞ。

「そう言えば緒方さん」

「びっくりした！」

私の指がストローに引っかかり、アイスコーヒーがこぼれた。

「ごめん！　ごめん！」

情けない。狩りは失敗。テーブルにこぼれたコーヒーをふき取る様は非常に惨めなものだった。小松君が店員さんを呼び、さらにおしぼりが追加された。なんとか水害はテーブルの上にとどまり、大惨事には至らなかった。テーブルは綺麗な姿を取り戻した。

「ちょっとトイレに行ってくるね」

恥ずかしさも重なり、私は席からトイレに逃げ込んだ。

洗面台で手を洗い、顔も洗った。鏡には情けない男が映っている。

緒方正平四十歳。君はどうして、いつもそうなんだ。決め切れない。決め手に欠く。自分が望むものを簡単に手に入れられない。

しかし、こうまじまじと自分の顔を見るなんて何年ぶりだろう。しわやシミも増えている。四十歳。この世に生を享け、四十年も地球にお世話になっている。生きているだけでもめっけもんじゃないか。それなのにどうしていろんなものを欲しがるのだ。欲張るにも程がある。妻がいて、子供が二人もいて、楽しい毎日は送れている。もういいじゃないか。小説を読んでもらえないぐらい、なんだ。諦めよう。もう無理だ。心が折れた。小説のことなんて考えていなかったあの日に戻ろう。大丈夫。誰も文句なんて言わない。だって私がこんなにつらい思いをしているなんて、誰も知らないのだから。誰に話したってわかるわけない。こんな異常な苦しみ。誰も知らないし、説明してもわけがわからないはずだ。よし、もう忘れよう。小説のことなんて。

『僕を捨てないで』

今、心の奥で声が聞こえた気がした。まさか、原稿の声か。

ごめん。私は、何を錯乱していたのだ。私は自ら生み出した作品を置き去りにして、この苦しみから逃げようとしていたのか。すまん。許してくれ。こんなダメな私を。大丈夫。

大丈夫だ。君を捨てたりなんかしない。捨てるものか。私が生んだ作品だ。たくさんの人に愛してもらいたい。そのためには私が変わらなければならない。勇気を出せ。聞くだけだ。単純に聞くだけなんだ。

できる。緒方正平ならできる。

私はもう一度、自分の気持ちを奮い立たせた。

もう一度、顔を洗い直すと、私は席に戻り、小松君の前に座った。

「緒方さん。実は小説の話がありまして」

その時は意外にもあっさりと訪れた。

「来た」

「来た?」

「いや。続けて、続けて」

小松君はテーブルの上に原稿を置いた。表紙には私の書いた小説のタイトルが載っている。小松君はわざわざパソコンに送ったデータをプリントアウトまでしてくれたのだ。有難い。大変だったろう。長編だもの。

今日という日はついている。いろいろと小さな困難はあったが、そんなのはものの数ではない。自分が勝手にどツボにはまりかけただけ。私の鼓動は次第に収まってきた。緊張もない。穏やかな感情だ。

今ならすらりと言葉が出てきそうだ。

「小松君。小説を読んでくれたんだね」

「読んでいません」

「へ？」

読んでいません。

読んでいません。

読んでいません。

何で？

読んでいません？

ダメだ。意味がわからない。テーブルの上には原稿がある。

その向こうには数ヶ月前に読みたいと言ってくれた後輩がいる。

そして、その手前には、作者である私がいる。

おかしい。どう考えてもおかしい。この状況で『読んでいません』は、おかしい。

あまり怒ったりするタイプではない私だが、怒っちゃったりしてしまいそうだ。どうして読んでいない。教えてくれ小松君。私は今、絶叫しながらこの喫茶店を飛び出してしまいそうだ。

「と言うよりも、読めなかったんです」

「読めなかった？　説明してくれる？」

「何度か、読もうとしました。でも緒方さんが書いた小説の凄みに負けてしまったんです」

「凄み？……どういうこと？」

「緒方さんは忙しい中、この小説を書いた。でも自分は何もしていない。僕にはこの小説を読む資格はないのでは、と思ったのです」

読む資格なんて誰にでもあるだろう。何を言っているんだ。小松君。気は確かか。おかしいことを言っていると気付いてくれ。

「それで、僕、決めたんです」

「決めた？　何を？」

「実は僕も今、小説を書き出しました」

「そうなんだ」

「緒方さんの小説を読むのは、小説を書き終えてからと決めました」

「決めた？　決めたんだ？　何で？」

「ちゃんと小説を書き終え、一人前の作家になってから、緒方さんの小説を読む。そうじゃないと失礼な気がするんです」

失礼ではないよ。小松君。どちらかと言うと、私的には読まない方が失礼に感じるよ。横暴だよ。小松君。

「今日は、このことを伝えたくて来ました。もしかして僕が、ただただ読んでいないのでは、と思わせていたら申し訳ないと思いまして」

小松君は真っ直ぐな目で私に語りかけた。理解しがたいが、彼なりの筋なのであろうことはよくわかった。

「何か気を遣わせてごめんね。ありがとう」

「お礼なんてやめてください。お礼を言うのは僕の方です」

「あぁ、そう」

「緒方さんは僕の消えかけていた作家魂に火をつけてくれたんです」

小松君は何だか嬉しそうな顔をしている。

私は偶然にも、彼の作家魂に火をつけてしまったらしい。

できることなら、彼の作家魂の炎を消したい。

でも、そんなことは無理なのだ、と直ぐにわかった。

「今、僕、とっても楽しいんです。緒方さんのおかげです。僕が小説を書き終えたら、緒方さんに是非読んでほしいです」

「勿論、読むよ」

「そして、その時、緒方さんの小説を読ませてください」

「是非。是非」

「それまでこの原稿は緒方さんが預かっていてください」

「え？　コレ、預かるの？」

「はい。書き終えたら、またお伝えします」

「なるべく急いで書いてね」

「頑張ります。本当にありがとうございます」

小松君は起立して、深々と頭を下げた。店内の客は何が起きたのかとざわついている。

「ここのコーヒー代は僕が持ちます。では」

小松君は勘定を済ませて、颯爽と店から出て行った。

今日はついている。

アイスコーヒーを二杯も後輩から奢ってもらえた。

「すみませんお客様。お席移動していただいていいですか？」

私はいつもの一人席に移動した。

## やっぱり芸術家に読んでもらおう！編

分厚い原稿が二冊分。謎の水。そして謎の物体が押入れにある。

一体、私は何をしているのだろう。外から蟬の声が聞こえる。小説を書き終えてから、幾日過ぎたのだろう。何も進展していない。頼みの綱であった小松君にもフラれた。仕事仲間も、夏の特別番組などで忙しい時期に入ってきた。もう当てはない。

私は原稿を抱えて、ごみ箱を見た。

何をしている。目を覚ませ。緒方正平。自らの生んだ子を捨て子にするつもりか。まだ諦めてはいけない。きっと大丈夫だ。読んでくれる人がいるはず。考えてもみろ。何度かチャンスはあったじゃないか。素直に読んでほしいと頭を下げれば、きっと読んでくれる人はいる。たまたま、うまく軌道に乗らないだけだ。前向きに考えるのだ。さすれば道は開かれる。

私はいつもの如く、誰に読んでもらえるか、考えることにした。頭の中で知り合いの顔を駆け巡らせる。先輩のディレクター、同級生、父親、母親、妻の友達、しかしピンと来る人はいない。グルグルとルーレットのように人の顔が浮かんでは消える。そんな頭の中のルーレットが止まった。

坊主頭の男の顔が浮かぶ。その男の顔が真顔からニッカニッカの笑顔に変化した。やはりこの男しかいないのか。忙しいと言いながら世間から見れば暇人にしか見えない男。田川陽介。自称芸術家。この男に頼むしかない。長きにわたる私の闘争。この決着の相手にふさわしいのは田川しかいない。

そう決意した瞬間、運命なのか、神様のイタズラが発動した。私の携帯電話が鳴った。LINEが入っている。

田川からの連絡だった。

『近くにいるのでコーヒー飲みませんか？』

奇跡としか思えないタイミング。私は田川に待ち合わせ場所と時間を連絡した。今回こそ決着をつける。この苦しみからの解放。

私ならできる。そう自分を鼓舞した。そしてリュックサックに原稿を詰め込んだ。ふとトーテムポール型の〝愛ちゃん〟が目に入った。ついでに真相も聞こう。まだこの作品のハート、つまり〝愛ちゃん〟がどこにあるのか、見つかっていない。

これについては白旗だ。素直にギブアップして教えてもらおう。実際、気になってしまい、仕事が手につかないこともあった。ついでにこっちの苦痛からも解放してもらうのだ。

よし、準備は整った。待ち合わせ時間よりは少し早いが、もう家を出よう。決戦はまもなくだ。

戦闘準備が整った私は、部屋から飛び出した。

「あれ？　正ちゃん出かけるの？」

妻が声をかけてきた。

「ああ、戦いに挑んでくる」

「戦い？」

「いや何でもない」

私は真意を誤魔化して、家を出た。

外に出ると、蟬の声が大きくなった。肌を焼くような日差しが私を襲う。

いつものムギタ珈琲店に向かう。汗が噴き出てくる。

名古屋の夏は暑い。湿気が多く蒸し蒸しとしている。私はしたたる汗をTシャツの袖でぬぐった。外も暑いが、私の心も熱い。気温と体温がぶつかり、私の周りはマグマの如く燃えている。サーモグラフィ画像を撮影したならば、血液の如く、私は真っ赤に染まっているだろう。内からも外からも熱気をまとった私は、足早に喫茶店へと向かった。

喫茶店のドアを開けると、体中を冷気がふわりと覆い、少しだけ自分の心と体を冷やしてくれた。二人席をお願いし、私は決戦に備え、姿勢よく深く椅子に座った。

脳の中を活性化させるため、甘めのアイスコーヒーを頼む。糖分は脳のエネルギー源という。アイスコーヒーが届く。冷たいコーヒーが私の体を潤す。糖分が脳を刺激しているのを感じた。

「もうすぐか」

時計を眺め、田川陽介を待った。

カランカランと入口から鐘の音がした。私に気付いた田川は、笑顔で私に手を振った。いつも通りの光景だ。ココまでは全く一緒。しかし今日は違う。今日はいつものようには帰さない。今日こそ小説を渡す。そう私は強く心に誓った。

「いやぁ緒方さん。元気ですかぁ」

「ああ、勿論、元気だよ」

田川は私の前に座ると、アイスコーヒーを頼んだ。

目の前の田川はいつもと違う感じがした。何かが違う。

私は田川が手ぶらであることに気付いた。

「あれ？　今日は〝愛ちゃん〟持ってきてないの？」

「気付いちゃいました？　緒方さん。愛ちゃんに夢中ですね」

「…………」

少しその発言にイラッとしたが、ココは微笑んで受け流すことにした。そんな小さなことでイラッとしていても仕方がない。今回はトーテムポール型〝愛ちゃん〟の本体の所在地も確認を取らねばならない。ある意味、夢中になっていると言っても過言ではないのだ。考えてみれば、この地球上で〝愛ちゃん〟のことを考えているのは私しかいない自信もあった。

「まぁね」

「ちょっと、行き詰まっていましてね。緒方さんに売った愛ちゃん以来、いい愛ちゃんが思い浮かばないんです。芸術家もつらいですよ」

〝愛ちゃん〟について詳細に聞かされる私の方が、よっぽどつらい。

〝愛ちゃん〟については後にして、今回は本題から入ろう。単刀直入に小説を読んでほしいと頼もう。今の私なら頼める気がする。

「愛ちゃん、元気ですか？」

「え？」

いつもの如く、田川に先手を取られた。

「元気かどうかはわからないけど、今日、持ってきたよ」

私はリュックサックからトーテムポール型の〝愛ちゃん〟を出した。

「肌身離さずですか。緒方さんも好きですね」

「そうかなぁ」

反論するのも時間の無駄だ。話がコチラに向いてしまった以上、仕方ない。まずは〝愛ちゃん〟についての謎から先に解明するか。私はそう思った。

「いやぁ、やっぱり、この愛ちゃんが最高傑作だなぁ」

田川は〝愛ちゃん〟を手に取り、眺めながら嬉しそうに呟いた。

私はそんな田川を見ていて不思議な気持ちになっていた。ここまで自分の作品を愛し、自分の作品に自信が持てる。こんな素晴らしいことはあるだろうか。素直に尊敬する。

それに比べて私は、いつまでもグズグズと作品を眠らせている。恥ずかしい限りだ。

田川が急にギョロリと私を睨(にら)んだ。

「どうしたの？」

「緒方さんは、本当に愛ちゃんを愛していますか？」

『愛してないよ』なんて言えない。でも『愛している』とも言えない。私は何も答えられずにいた。

「どうして？」

「いやぁ、実はこの愛ちゃんを返してほしいんです」

「え？」

別にいい。返したってかまわない。むしろ返したいぐらいだ。

でも、一つだけ〝愛ちゃん〟の所在地だけが知りたい。それだけなのだ。

しかし何故に〝愛ちゃん〟を返してほしいのだろう。そう思った瞬間に、すぐその答えが返ってきた。

「先ほども言いましたが、この作品が最高傑作なんです。こいつを超える作品を生み出すには、こいつが必要なんです」

田川は声を震わせながら私に頭を下げた。

「お願いします。愛ちゃんを返してください」

田川はさらに大きな声を張り、頭を深々と下げた。喫茶店中の客が私達のテーブルを見ている。連れ子の話、それとも恋人の話、はたまた誘拐犯なのか。何にせよ、何も事情を知らない人達から見れば、田川から女性を奪った男に見えたりしていないだろうか。やめろ。田川。恥ずかしい。

「頭を上げろよ」

急な展開に慌てた私は、田川の頭をテーブルから離そうとした。

しかし、かなりの圧がかかっており、動かない。相当な思いがあるのだと伝わった。

大丈夫だよ。安心しろ。田川。絶対に返すから。なぜなら私は君ほどの思いが〝愛ちゃん〟にはないのだから。私は〝愛ちゃん〟を田川に返すことにしようと決めた。ちょっと待て。危ない。〝愛ちゃん〟の所在地だけは聞かなくてはいけない。何のために、この気持ち悪い物体を買ったのだ。絶対にあるはずのハートの場所だけは知りたいのだ。それさえわかれば問題ない。すぐにでも返してやる。なぁ田川。教えてくれ。〝愛ちゃん〟はどこだ。

「緒方さん。お願いします。返してください」

田川は半泣き顔で懇願している。私は田川の手を握り、優しく呟いた。

「了解した。愛ちゃんを返そう」

「本当ですか！　緒方さん！　恩に着ます」

何かしらのハッピーエンドと勘違いしたのか、不安そうにコチラを見ていた客達が一斉に胸を撫で下ろし、自分達の世界へと帰っていった。

「ただし、愛ちゃんを返す前に、一つ条件がある」

再び、周りのお客がコチラを見ている。

「条件とは？」

「愛ちゃんはどこだ？」

コチラを見ていた客達が、ちんぷんかんぷんな顔をしている。

それもそのはず。〝愛ちゃん〟を返すと言っていた男が、今度は〝愛ちゃん〟の居場所を聞いている。私達の事情を知らない人からすれば意味不明な会話だ。もはや、このドラマを見てしまった喫茶店の客達に、丁寧に一から説明してあげたいくらいだ。

しかし、いきなり説明し出したら警察に通報されても仕方がない。申し訳ないが、お客さん達は放置しよう。

「愛ちゃんはどこだと聞いている」

「いや、愛ちゃんはココです」

田川はトーテムポール型の〝愛ちゃん〟を指差した。

私は大きく首を左右に振った。

「その愛ちゃんじゃない。本体の方だ」

「本体？」

田川がキョトンとしている。おいおい。何をキョトンとしている。キョトンとされたら困る。キョトンとしたいのは私の方だ。落ち着け。緒方正平。この危機的状況から抜け出せ。

待てよ。もしかして違うのか。ハートこそが〝愛ちゃん〟であり、ハートが〝愛ちゃん〟の本体だという私の推理自体が間違っていたというのか。そんなわけがない。以前見せてもらった〝愛ちゃん〟には全てハートがついていた。このトーテムポール型の〝愛ちゃん〟だけにハートがないから一万円も出して買ってしまったのだ。私の推理が違うのならば、この得体の知れない異物に一万円は高すぎる。高すぎるのだよ。田川。

「本体とか、どうでもいいので返してもらっていいですか?」

田川は〝愛ちゃん〟を私から離した。

それを見ていた客達がクスクスと笑い出している。

〝愛ちゃん〟とは、この得体の知れない人形のことだとわかったのだろう。みんな、納得の表情を浮かべている。納得いかないのは私だけだ。もしも自分の推理が間違っていたとしても、私は真実を知りたいだけなのだ。

「田川、返すのはいい。もう一度聞く。愛ちゃんはどこだ?」

「だから愛ちゃんはココです」

「ではなく本体。ハートだよ！　ハート」

私は興奮気味に吐き捨てた。

「あぁぁ、ハートですか」

田川は、謎が解けた顔をした。どうやら私の推理は間違っていなかったようだ。

田川は嬉しそうな顔に戻り〝愛ちゃん〟を私に向けた。

「僕の作品の意味が伝わったのですね」

「ハートだろ。愛ちゃんの正体はハートなんだろ」

「そうです。ハートです」

「ハートはどこだ」

「知りたいですか？」

「知りたい」

田川はそろりと人差し指を立てた。

「一万円出せと」

田川はコクリと頷いた。何という男だ。〝愛ちゃん〟を返せと言ってみたと思えば、今度はお金を要求してくる。

こいつは芸術家ではない。商売人だ。

お金になると知ってからの瞬時の判断は、美しさすら感じた。

「わかった」

私は財布から一万円を差し出した。

「ついてきてください」

田川は〝愛ちゃん〟を手に取り、喫茶店から出ていった。無論、喫茶店の支払いは私だ。

喫茶店を出てすぐのコインパーキングに連れていかれた。田川の軽自動車が停めてあった。田川はトランクを開け、金槌（かなづち）を取り出した。〝愛ちゃん〟は地面に置かれている。

「まさか」

「その、まさかです」

田川は金槌を振り下ろした。トーテムポール型の〝愛ちゃん〟は砕け散った。その破片の中からハートがコロリと転がった。

「そこにあったんだ」

何とも言えない爽快感が広がった。全ての謎が解けた。

灯台下暗し。〝愛ちゃん〟のハートはその中にあったのだ。

「最高傑作の〝愛ちゃん〟を壊してしまったけどいいの？」

「大丈夫です。本望だと思います」

「新作のアイディアは？」

「また生まれますよ。見てください。砕け散った愛ちゃんを」

田川は粉々になった〝愛ちゃん〟を指差した。

「美しくありませんか？　芸術とは残すことだけじゃない。瞬間こそが芸術なのです」

「…………」

何かしっくりきたような、しっくりこないような、微妙な空気が広がった。しかしながら間違っていない気もした。

「じゃあ、僕はここで」

田川は軽く私に会釈した後、軽自動車に乗り込み、颯爽と帰っていった。残されたのは私と、粉々になった〝愛ちゃん〟だった。

私の耳元に風が吹いた。蒸し暑い熱風が頬を撫でた。

「夏だな」

私は、ぼそりと呟いた。

田川が言うことはいつも無茶苦茶だ。しかしいつも間違っていない。芯を食っている気がする。作品の完成は、いつも理不尽にやってくる。偶然を信じた人こそが、成功を得られる。何だかそんな理屈を教えてくれた気がした。田川ありがとう。素直にそう思えた。

小説を読んでもらうという私の野望は、またもや失敗に終わったが、でもいいじゃないか。人生の教訓を得られたじゃないか。それだけでも大きな収穫だ。私はそう思いながら、駐車場を後にしようとした。

「…………」

駐車場の出口に、喫茶店にいた客達が並んでいた。視線の先は〝愛ちゃん〟だった。

「すみません。すぐ片付けます」

私は粉々になった〝愛ちゃん〟のカケラを拾い集め、リュックサックに詰めた。結局、この異物に二万円も使ってしまった。

私は大きく、ため息をついた。

## 頭ん中のミュージシャンに読んでもらおう！ 編

私の瞳から涙が溢れる。両目の涙腺が決壊している。

悲しいからではない。つらいからではない。惨めだからではない。

玉ねぎを切っているからだ。

私は今、もくもくと、玉ねぎを微塵切りにしている。

最近覚えた、スパイスカレーを作るためだ。

一年ほど前、妻がスパイスカレーを作りたいと一冊の本を買ってきた。それが『スパイスカレーって簡単よ』という本だ。

この本を読み終えた妻は、「スパイスカレーは難しく見えるけど簡単なんだよ」と私に熱弁してくれた。この本にはスパイスカレーの作り方がシンプルかつ、わかりやすく書かれていた。手間がかかるが、手順は単純で、誰でも簡単に作れる料理だとも紹介されていた。

その話を聞き、私も楽しみにした。いつか、妻が作るスパイスカレーが食べられると思っていたからだ。しかし、我が家のテーブルに、妻が作るスパイスカレーが出ることはなかった。

妻によると、子供がいるお母さんにとって、スパイスカレー作りはやはり簡単な作業ではなかったようだ。スパイスを買いに行ったり、野菜を炒めたりするだけでも時間がかかる。よほど時間に余裕がなければ作れないのだという。確かにと納得した私は、スパイスカレーのことなど忘れていた。

しかし、ある日、本棚を整理していた時に、この本が出てきた。

仕事が落ち着いた時だったので、私はこの本を見ながらスパイスカレーに挑戦した。その晩、私の作ったスパイスカレーを家族に振る舞ったところ、高評価を得た。子供達も美味しいと絶賛してくれた。

その後私は、スパイスカレーの魅力にハマり、私が作るスパイスカレーの日が、月に一度、緒方家に導入されたのだ。

スパイスカレーを作る時に大変なのが、玉ねぎとの戦いだ。大量の玉ねぎを微塵切りにして、弱火でじっくりと飴色(あめいろ)になるまで炒める。この作業が一番手間のかかる作業なのだ。

玉ねぎは二十分ほど炒めれば色が変わり出す。このくらいで十分なのだが、やはり、この時間を超え、ゆっくりと炒める方がおススメだ。一時間、優しく炒め続ければ、飴色の向こう側へ到達する。手間と真心により、玉ねぎは最上級の食材へと生まれ変わるのだ。

そして今、私は微塵切りを終えたところである。ここからはいよいよ炒める時間だ。フライパンにオリーブオイルを引くと、幾つかのスパイスを投入する。

私は、この玉ねぎを炒める作業が好きだ。

地味で華のない作業。焦げつかないよう玉ねぎをヘラで動かし、ゆっくりと炒めていく。

ここから一時間、もくもくと、この作業を続ける。ただ静かに、ゆっくりと。

調理に集中している時間は考えごとに向いている。この何とも言えない状況が、私をリラックスさせてくれるのだ。

フライパンから、バチバチと音がする。この音を聞くと、心が落ち着く。不思議な音だ。線香花火の音にも似ている。いつ聞いても、心地よい音だ……。

田川と対決したあの夏の日、なぜ私は敗れてしまったのだろうか。私は彼の情熱に屈してしまったのか。いいや、そうではない。彼の、己の作品に対しての愛情に敗れたのだ。ならば、今からでも間に合う。私の作品をもう一度、愛そう。きっとできる。私ならできる。

　しかし、困った。

　田川以外に、読んでくれそうな人はいるのだろうか？

　私は田川よりも、暇な人を知らない。田川ほど暇な男は、そういない。

　ならば、新しい出会いを見つけるしかない。街に出て、路上にでも行ってみるか。路上に行けばミュージシャンもいるだろうし、相田みつを的な詩人もたくさんいる。何かを作り、思いを届けたい人を見つければ、きっと私の思いにも共鳴してくれるはずだ。

　よし、スパイスカレーが仕上がったら、街に飛び出してみよう。ミュージシャンや詩人を探そう。

　声をかけるならどんな人がよいだろうか。パンクロッカーやヒップホッパーは無理だな。なんか怖い。となると、やはりフォークギターを演奏しているような優しい感じのミュージシャンが最適だろう。例えば、ゆずみたいな二人組だったら、きっと優しく私に接してくれるはずだ。こんな感じに……。

「ありがとう。ともに手をつないでいきましょう」

「世界が平和でありますように」

「また会いましょう」

短髪を茶色に染めた青年と、センター分けの黒髪の青年が、大きく手を振っている。

演奏が終わり、私は曲の余韻を味わいながら拍手する。

ギターケースの中には、千円札が二枚と、小銭がまばらに散らばっている。私はギターケースの前に立ち、五千円札を置く。

「いい曲だった」

「ありがとうございます。えっ、五千円も……」

「いいんだよ。いいものには、それなりの対価が必要だ」

「ありがとうございます！　おい、よかったな！」

「ホント、ありがとうございます！　嬉しいっす」

二人は飛び跳ねて喜んでいる。無理もない。見たところ、高校を卒業したてくらいの二人組だ。彼らにとって五千円は大金だろう。金にものを言わせるのは好きではないが、致し方ない。私の小説を読んでもらうには、それぐらいの投資は必要だ。

「君達はいつからミュージシャンをやっているのかね？」

「僕達は高校の時からやっているので、今年で五年目です」

「五年目か。結構やってるね」

「まだまだですよ。僕、先輩と一緒にメジャーになりたいんです」

「ほう、君らは先輩と後輩なんだ」

「そうです。学校の先輩と後輩です」

そうか、彼らは同じ高校に通っていた先輩と後輩。しかし、もともと知り合いではなかった。彼らが出会ったのは路上だ。

一つ年上の黒髪の青年は高校を退学して、ミュージシャンを目指した。

そして、この駅の路上に座り、弾き語りを始めた。路上でギターを弾き続ける毎日。ある日、黒髪の青年に、常連客ができた。それが茶髪の青年。黒髪の青年の歌を気に入った茶髪の青年は、毎日、歌を聞きに来ることになる。学校をサボり、弾き語りを聞く毎日。お客は増えない。

当然、二人の会話は増えていく。次第に打ち解けていくと、あることが判明する。なんと二人は同じ高校だったのだ。奇妙な運命を感じた二人は、共鳴し合い、デュオを結成。ともに世界を目指すこととなった。

「そうか、同じ高校なのに、お互い知らなかったんだ」

「だって先輩、学校ほとんど行ってないすもんね」

「お前が言うなよぉ」

「アハハハハハハハ」

「おいおい。お前ら、オジサンの前で青春するなよな」

「アハハハハハハハハ」

そんな青臭いやりとりを終えると、私の空気が変わる。

空を見上げて。ぽつりと呟く。

「……オジサンも、もう一回、青春するかな」

「おじさんが青春？」

「ああ。オジサン、実は小説を書いたんだ」

「え？　小説？　どれぐらいの？　短編ですか？」

「いいや。長編だ」

「長編って、凄いなぁ。いつかおじさんの小説を読んでみたいな」

茶髪の青年が、真面目な顔つきで私を見つめている。

「本当にそう思っているのかい？」

「本当です」

「こいつ、音楽も好きだけど小説も大好きなんですよ」

黒髪の先輩が、茶髪の後輩の頭をポンと叩いた。

「そうなのか？」

「えへへ。音楽より小説の方が好きかもです」

「コラコラ！　お前は、音楽の方を好きであれ」

おどけてみせる茶髪の青年に対し、黒髪の先輩が即座に突っ込んだ。

「アハハハハハハ」

私はそんな青春を、穏やかな笑顔で見つめている。

そして改めて、青春に参加させていただく。

「じゃあ、もしよかったら、読んでくれるか？」

「勿論！　読ませてください」


……決まった。

と、細かい設定はさておき、こんな感じの二人組を見つけたら読んでもらえそうだ。若いミュージシャンなら、いける。

いけそうな気がする。五千円ぐらいなら、今月の小遣いで何とかなる。あとは駅に行き、こんな感じの二人組を探すだけだ。

「おい、おっさん。本気で言ってるのか」

「勘弁してくれよ」

さっき頭の中で生まれた二人組のミュージシャンが、私に声をかけてきた。ふてくされた顔で私を見ている。

どうした二人組のミュージシャン。何が不満なのだ。どうして、そんな顔をしているのだ。教えてくれ。

教えてくれないのか。彼らとのやりとりの中で、何かしらのミスを犯してしまったのか。どこだ。私はどこで間違えた。

金……まさか金か……金か……。

金が足りないのか……。

私の若い頃ならば、五千円で確実に釣れた気がする。五千円ももらえれば、大人達の頼みごとを聞いた気がする。しかし、最近の若者にとって、五千円は安すぎるのか。五千円くらいでは見知らぬオジサンの頼みごとなど聞いてくれないのか。

一万円？　いや、それ以上、五万円、十万円？

若者に、知らないオジサンの小説を読んでもらうためには、一体いくら必要なのだ。わからない。とてつもないお金が必要になるかもしれない。いくら出せる？　二人組のミュージシャンを見つけ、撒き餌のごとく費やせる金。一体、いくらなら私は出せるのだろうか。

三万円……いや、五万円……。

五万円までなら出せる。貯金を切り崩せば何とか出せる。

でも、高い。田川に無駄な金を使っている私にとって、この出費はとても痛い。しかし、ココは踏ん張りどころだ。五万円は必要な出費、必要な投資、もはや経費なのだ。大丈夫。また、仕事を頑張ればいい。

よし、スパイスカレーができたら銀行に行こう。待っていろよ。まだ見ぬ二人組のミュージシャン。

「………」

「…………」

何だ何だ。二人して、なぜ口をとがらせているのだ。そんな顔で見るな。まだ不満なのか。この欲の塊め。勘弁してくれ。五万円以上は出せないぞ。これ以上は無理だ。生活に響いてしまうし、家族に迷惑をかけてしまう。すまない。オジサンが出せるお金は、五万円で精いっぱいなんだ。

「…………」

「…………」

そんな悲しい顔で、見ないでくれ。君達に見合ったお金を払えない、情けない大人を許してくれ。

「……違うよ」

違う？　何が違う。黒髪の青年。

「……自分で考えて」

茶髪の青年。私は今も考えているよ。でもわからないんだ。

教えてくれ。私はどうしたらいいんだ。何を間違えてしまったのだ。どうして、君らの要求に応えられないのだ。教えてくれ。

ちょっと待て。…………まさか……。

「お金じゃない」

心の声が、今、空気に振動を加え、体内から飛び出した。

そもそもお金で、若者の心は動くのか？

金額じゃない。根本的な問題だ。

お金が欲しくて、アートや音楽をしている若者なんて本当にいるのか？　勿論、お金が要らないわけではない。大金が欲しくないわけではない。しかし、お金よりも、楽しさや、心の充実を優先している若者の方が多い気がする。今、世間で評価されているミュージシャンや芸人さんをよく見てみろ。そんな傾向が見られるんじゃないか。

若者はお金のためではなく、可能性を楽しんでいる。

そんな若者に、お金という圧力をかけてはいけない。押し売りなんて、してはいけない。五千円出せば、五万円出せば、何とかなると思った私は、最低だ。そんな邪な気持ちで近づいた私の小説なぞ、読んでくれるはずがない。私が五万円出そうと、十万円出そうと、読んでくれるわけがない。本当に読みたいと思ってもらわなければ、読んでもらえるわけがないのだ。お金で釣ろうなど、もってのほかだ。

そうだろ。若者。

「ようやくわかったんだね。おじさん」

「そうだよ、おじさん。お金じゃねえだろ」

すまない。頭ん中の二人組。

危ないところだったよ。気付かせてくれてありがとう。今、気付けて本当によかった。危うく、人として取り返しのつかないことをするところだった。さようなら。今度会うときは、テレビの中かもしれないな。

となれば、やはり詩人か。

同世代、いいや、できれば年上の詩人がいい。

年上の詩人ならば、私の小説を読んでくれるに違いない。きっと、寛大な心で私の情熱を受けとめてくれる。

スパイスカレーを作り終えたら、街に出よう。街に出て、年上の詩人を探そう。そして、年上の詩人に、私の小説を渡す。それが一番の近道だ。何ごとも動き出さねば始まらない。黙って待っていてもチャンスは訪れない。先人達から教わったことだ。早く行かなければ。早くスパイスカレーを作り終え、駅に行こう。

「……正ちゃん。焦げすぎじゃない」

振り返ると、妻が立っていた。

キッチンには焦げ臭い匂いが充満している。

「あっ、ごめん……今日は、ココイチでもいいかな」

# 年上の詩人に読んでもらおう！ 編

夜になると、少し肌寒さを感じる。もう十月も終わりだ。

街の飾りつけはオレンジ色と紫色が多く、行き交う人は思い思いの格好をしている。

私が子供の頃は、ハロウィンという行事とは無縁だったが、最近ではすっかり定着した。

時代は常に変化していて本当に面白い。

しかし、街の飾りつけが変わっても、変わらない景色がある。それがストリートカルチャーだ。

路上には、明日の夢を見て歌う青年や、笑顔を信じて大道芸を披露するパフォーマー達がいる。駅前には文化が絶えない。

私は、小説を読んでもらう人を探すために、駅前にやってきた。ロータリーを眺めると、二人組のミュージシャンが目に入る。茶髪と黒髪。以前、私がイメージした通りのミュージシャンだ。すまない。今日は、君らには用がない。君らは、私の小説などに興味がない。

でも、いつか読んでもらえるように頑張るよ。いつか会おう。茶髪君と黒髪君。

私のターゲットは、ミュージシャンでもなく、パフォーマーでもない、必ずいるはずの〝年上の詩人〟だ。

私はゆっくりと、ロータリーを歩いた。

今日はギターを奏でる若者が多い。マイクを持ちライムを刻む者もいる。

しかし、私が求める詩人の姿は見当たらなかった。

無理もない。基本的に路上の主役は若者だ。サッカーや野球などスポーツにおいても主役は若者だ。路上だろうが競技場だろうが、我武者羅に走り回れる体力を持った若者が活躍するのが、自然の摂理なのかもしれない。

それでも、夢にしがみつき、戦い続ける中年も稀に存在する。そんな中年との出会いを探しに、私はやってきたのだ。

待つしかない。いつか現れるはずの年上の詩人を待つしかない。

私は路上に置かれたベンチに座り、その時を待つことにした。

駅からロータリーへと、人の波が五分おきに流れ出ていく。高校生やサラリーマン、カップル達、老若男女が闊歩(かっぽ)する。百人、千人、一万人の人達が街に飛び出していく。帰宅する者、遊びに出かける者、それぞれが、それぞれの目的を持ち、歩いていく。路上パフォーマンスをする人達の前に立ち止まる人は少ない。無視しているわけではない。街に飛び出した人達には、それぞれの目的があるからだ。

パフォーマーやアーティスト達は、そんな人達の目的を制し、立ち止まらせねばならない。一万人歩いていたとして、一人でも止めることができれば、素晴らしいと思う。他人の時間をこじ開けるというのは、簡単に見えてとても難しいことだと私は思う。ましてや売れていない、有名でもないアーティストなら、なおさらだ。

しかし、そんな状況を打破し、スターダムへ昇っていく人達がいる。だからこそ、スターと呼ばれる人達はリスペクトされ、憧れの的となるのだ。

今夜も、アーティスト達が歌い、踊り、それぞれの表現で戦い続けている。美しい情景だ。私も彼らに負けないように戦わなければいけない。

ふと、駅から大きめのニット帽をかぶった中年の男が歩いてきた。長く伸び切ったひげ、カリカリの頬、長く伸びた髪。

どう見てもサラリーマンではない。手には大きなトランクケースを持っている。白シャツの上に黒のロングコートを羽織り、無造作に着こなす感じが哀愁を生み、路上にマッチしている。

年齢は五十代ぐらい、私よりは年上に見える。この風貌で年下であるわけがない。とにかく只者ではない空気をむんむんと発している。

ニット帽の男はトランクケースを地面に置き、何か準備を始めた。どうやら、何かしらのアーティストであることは間違いなさそうだ。あとは私が狙っている、詩人か、どうかだ。

風貌がボブ・マーリーに似ているからといって、まさかレゲエミュージシャンではないだろう。ラスタカラーも見当たらない。

私の読みでは、五分五分の確率で、詩人か、画家だ。

ニット帽の男がトランクケースを開けた。額縁のようなものが見える。ビンゴ。詩人だ。いや、待て、額縁に入れた絵画の可能性もある。あるいは、最近増えた似顔絵パフォーマーの可能性だってある。

まだまだ油断ならない。というよりも、画家の方が確率が高いのかもしれない。頼む。絵ではなく、文字であってくれ。

ニット帽の男は、トランクケースから、いくつかの額縁を並べ出した。私は緊張を抑えながら、ベンチから立ち上がると、ゆっくりと近づいていった。作品を並べ終えたニット帽の男は小さなイスに座り、路上の店主に生まれ変わっていた。

さぁ、どっちだ。

ゆっくりと近づく。はっきりと見るのが怖い。

私は細目で地面に置かれた作品を見た。

私の目に、相田みつを風の丸みを帯びた文字が飛び込んできた。

間違いない。詩人だ。

ここまでの私の読みは完璧だ。

路上には、彼の作品が二十作品ほど展示されていた。私はしゃがみ込み、ほっと一息ついた。

まずは、私が感銘を受ける作品を見つけたい。それが、今、私に課せられたミッション。

コレをクリアできれば、その詩を題材に語り合うことができるからだ。

さぁ、年上の詩人さん、私の心を揺さぶってくれ。

《いつだって努力》

《前を向けば何とかなる》
《逃げていたって仕方がない》
《親孝行しよう》
《から揚げ食べてりゃ幸せだ》
《結局は健康第一》
《お米って美味しいなぁ》
残念ながら、私の心は、微動だにしない。
《恋は人を綺麗にする》
《地球は青い》
《自然を大切に》
《動物だって生きている》
なんというか、つまり、陳腐だ。
考えてみれば詩というのは、わかりやすく当たり前の言葉を遣ったものが多い。だから彼の詩が悪いわけではないのだろう。今、たまたま、彼の詩が私の心に全く響いていないだけだ。その時の感情によっては、これで感動したりすることもあるはずだ。決して下手なんかじゃない。決して陳腐なんかじゃない。そう思う私が汚れているのだ。

詩の良し悪しは、受け手の感情次第なのかもしれない。詩の言葉と自らの感情が合致した時に初めて共感が生まれ、心に刺さる。そんなメカニズムなんじゃなかろうか。詩というのはつくづく不思議な芸術だ。

彼の作品を、しっかりと眺める。諦めずに、今ここで、私の心に響く作品を探す。

そして、一つだけ気になる作品を見つけた。

《幸せは自分次第》

「……どうだい？　お気に入りの詩は見つかったかい」

「……あっ、その作品です」

私は、咄嗟(とっさ)に《幸せは自分次第》という詩を指差した。

詩人はかぶっていたニット帽を深くかぶり直すと、ほくそ笑んだ。

「嬉しいねぇ。その作品は、俺もお気に入りなんだ」

突破口を見つけた。ミリ単位かもしれないが共感を得られた。

危ないところだった。もしも、勢いあまって《から揚げ食べてりゃ幸せだ》を指差していたら、会話が迷子になるところだった。

何にせよ、スタートラインには立った。この小さな奇跡が会話をつなげていくはずだ。

「お兄ちゃんは、いくつだ？」

「今年、四十歳になりました」

「今、楽しいかい？」

「楽しいと言えば楽しいし、楽しくないと言えば楽しくないです」

「そうか……。やっぱり、迷う年頃だよな」

詩人は、胸ポケットから、クシャクシャの煙草を取り出した。折れ曲がった煙草を口にくわえると、使い込まれたジッポを使い、煙草に火をつけた。深く吸い込むと、白い煙を夜空に向かい吐いてみせた。浮かび上がる煙は丸みをおびて固まり、雲のように見えた。

「あんた、仕事は？」

「放送作家をしています」

「放送作家？」

危ない、放送作家とは何かという説明をする流れになってしまう。こんなところで時間を費やすわけにはいかない。

「あ、台本書きです」

「台本を書く？　てことは、作家さんか」

「そうです。テレビやコントの台本を書いています」

「凄いね」と詩人は私を褒めてくれた。そして、私はいつも通り、「何も凄くないです」

と答えた。

「うまくいってる？」

「どうでしょう。何とか生活はできています」

「生活できていれば、立派なもんだ」

詩人は、またもや、私を褒めてくれた。

「詩人さんは、いつも、ココで詩を並べているんですか」

「あぁ、もうすぐ五年になるかな」

「五年は凄いですね」

「凄くないよ。毎日続けているだけ」

「何のためにやっているのですか」

「わかんないなぁ。何でだろうね」

詩人は足を子供のように、ばたつかせ、無邪気に答えた。

五年も続けられるなんて、きっと彼にとって、詩というのは、何かしらの意味を持つものなんだろうと私は思った。

「あんた、作家さんなんだろ。いいよな。夢があって」

「夢……。夢って何なんでしょうね」

「夢はないのかい」

「いや、あるにはあるのでしょうけど……」

私は急に口ごもってしまった。

「言いたくなかったら、言わなくていいよ。そもそも夢があるから偉いわけじゃない。夢なんてなくても生きてられる」

詩人は、かすれた声で優しい言葉をかけてくれた。

そうだ。夢なんてなくてもいい。無理して夢なんて見なくていい。でも、きっと夢を見た方がいいんだろう。夢を見た方が楽しく生きられるんだろう。

では、私の夢とは一体何なのだ。

今、私が思う一番の夢は、間違いなく、小説を読んでもらうことだ。

しかし、本当にそうなのか。小説を読んでもらうことがゴールで、読んでもらえれば、私の心は満たされるのだろうか。読んでもらえれば夢が叶うということなのだろうか。もしかしたら、小説を読んでもらったその後にこそ、本当の夢というものがあるのではないだろうか。臆病な私は、その夢を見ないようにしているだけではないだろうか。

詩人の質問は、私を自問自答させた。

本来楽しいはずの夢のせいで、胸が苦しい。

グシャグシャになりつつある私の気持ちをよそに、詩人は語り続けた。

「俺は今年で五十五歳になる。詩を並べ出したのは五十の時だ」

詩人は、やはり年上だった。私が望んでいた、寛大な大人だった。

私は彼の人生を知りたくなった。

「五十歳までは何をしていたんですか」

「こう見えても昔は一流企業のサラリーマンでね」

「そうなんですか」

詩人は四十代後半まで、誰もが知る大手不動産会社に勤めていた。任されていた仕事は、主に営業だった。名古屋で物件を売買したり、賃貸を勧めたりするのが彼の仕事だった。若い頃から愛嬌もあり、営業成績は優秀。結婚するのも早かった。二十五歳の時に幼馴染みと結婚した。順風満帆だった彼が三十歳の時、転機が訪れた。

彼の会社で新事業が始まったのだ。新事業の内容は、東京を中心に富裕層に特化した新規ビジネスだった。高級マンションの手配は勿論のこと、高級店舗の物件準備や、プロデュースもするという新たな試みだった。

愛知県でトップセールスを誇る彼に、白羽の矢が立った。夫婦ともに東京へ引っ越し、新たな生活が始まった。仕事は順調。中国の経済成長も重なり、物件・店舗は飛ぶように売れた。仕事がうまくいくたびに、家は広くなり、いい服も着られるようになった。東京に出て十年。四十歳の頃に、待望の長女も生まれた。彼にとって幸せの絶頂は四十歳の時と言えた。その後も彼は仕事をし続けた。夜遊びも仕事と信じ込み、クライアントと高級クラブで飲み歩いた。

「まぁ、明けても暮れても仕事をしたよ。お金もあったし、いい部屋にも住んだ。いい車にも乗った」

「羨(うらや)ましいです」

「羨ましいか？　俺もあんたぐらいの年頃の時はそう思ってたさ」

詩人は、遠い目で昔を思い出しているようだった。

「でもね、作家さん。どんだけ稼いでも、どんだけ人に羨ましがられても、何も楽しくないってことに気付いたんだ」

年老いた眼球に、うっすら水分が浮かんだように見えた。

詩人は、持ってきた灰皿を出し、煙草をもみ消した。

「結局、他人の目を気にした喜びにすぎなかったんだ」

詩人は、仕事と遊びに明け暮れる日々が正しいと思っていたし、疑いもしていなかった。

詩人曰く、本当に仕事を楽しめて、遊びも楽しめている人はいる。しかし、そんな人はごく少数で、ほとんどの人が本当に大切なものを見失っている。そう彼は思ったのだという。

「どうして、そう思ったんですか」

「ある日、家に帰ったらね。……嫁も子供もいなかった」

四十五歳の時、彼は大切な宝物を失った。

「今でも、思い返すと悲しくなるよ。嫁と子供がいないことに気付いたのは、二人が出て行った二日後だぜ。当時の俺はどうかしてたんだ」

その後、奥さんと連絡を取り、離婚が決まった。

離婚してからも、彼は仕事を続けた。前よりもお金は増え、遊びもさらに派手になった。

会社では英雄のように扱われた。知り合いやクライアントからも尊敬された。

でも、満たされなかった。

詩人は、大切な家族を失うことで初めて、何が必要で、何が大切なのかに気付いたのだ。

五年後、彼は仕事をやめ、愛知県に戻り、自分が感じたことを詩にして並べるようになった。

「なぜ、詩人になったんですか」

「何のためかはわからないけど、気付いたことを言葉にして並べてみたくなったんだ」

詩人らしい、正直で優しい回答だった。

だからこそ、彼の作品には当たり前の言葉が並ぶ。詩とは不思議だ。

意味を知れば、全てが深い。深く楽しめる。

今では《から揚げ食べてりゃ幸せだ》も、最高の作品に見えてきた。

《朝は眠い》

《夏は暑い》

《冬は寒い》

《みんな優しい》

《人が好き》
《後悔したらやり直そう》
《Ｔａｋｅ　ｉｔ　ｅａｓｙ》
《今日も楽しい》
詩人の書いた詩が、私の心に響いていく。
当たり前すぎて気付いていなかった。
当たり前ということが、どれほど素晴らしいことか、詩が教えてくれる。
そうか、詩人が書いた作品の一つ一つを、個で見るのではなく、重ね合わせて読めばいいんだ。
詩人の人生も含め、今、私の目に映るこの情景こそが、作品なのだ。
路上で詩を並べる詩人ごと、一つの作品なのだ。
「今は、バイトをしながら、楽しく生きてる」
詩人は、愛嬌たっぷりの笑顔を私に送ってくれた。
年上の詩人の底が見えない。格好良すぎて倒れそうだ。
私の狙いは間違いではなかった。酸いも甘いも知り、優しさに満ちた彼ならば、私の小説を読んでくれるはずだ。「読んでほしいから読んでください」と正直に頼めば必ず読んでくれる。いつ読み終わるかはわからない、でも彼に頼めば必ず読んでくれる。そう思えて仕方なかった。

私は、持ってきた小説を出すため、リュックサックに手をやった。

「お父さん」

張りのある女の子の声がした。そこにはマフラーを巻いた女子高生と、コートを着た女性が立っていた。

「あれ？　早かったね。うちの嫁と娘。先月、帰ってきたんだ」

詩人は、ニコリと笑みを浮かべ、照れながら顎ひげを手で擦（さす）った。

「どうも、こんばんは」

私はリュックサックから空の手を出し、直立して頭を下げた。

「作家さん、話の途中でごめんね。今から晩ご飯食べにいくんだ」

「勿論、大丈夫です」

「ここで待っててくれる？　すぐ戻ってくるから」

「いや、大丈夫です。今日は帰ります」

小説の話は今日じゃなくていい気がした。今、私はとても幸せな気分だ。

「あぁ、そう。じゃあ、いらないと思うけど、コレあげるよ」

詩人は、私が見ていた作品を丁寧にシートに入れて、プレゼントしてくれた。

「……ありがとうございます」

「また、会えたらね」

詩人は作品を片付け出した。

私は一つ、詩人に聞きたいことがあった。

「詩人さん。最後に一つ質問いいですか」

「いいよ。勿論」

「詩人さんの夢って、何ですか」

「夢か、夢は……この日常を、いつまでも続けることかな」

何だか胸の奥にある心を摑まれた気がした。とても温かく、素晴らしい返答だった。

「ありがとうございました」

私は、詩人に頭を下げ、お礼を言った。

「こちらこそありがとう。じゃあ」

「はい」

詩人は、家族のもとへ走っていった。すると小石に躓いたのか、転びそうになった詩人を見て、奥さんと娘さんが笑っている。

三人が合流すると、奥さんと娘さんが私に向かって会釈をしてくれた。私も、もう一度頭を下げた。三人は楽しそうにロータリーから去っていった。爽やかな日常が私の視界を埋めた。

素晴らしい。

何だかそう思える夜だった。

《幸せは自分次第》

この作品をリュックサックにしまうと、今夜は帰ることにした。

# 山男に読んでもらおう！編

一年が過ぎるのは早い。年々、時を刻む速度が上がっている気がする。秋を越え、冬を迎えた。気がつけば、もう十二月になっていた。

新年を迎える前に、終わらせないといけないことがある。

大掃除なんかじゃない。小説を誰かに読んでもらうことだ。

今年中に、果たさなければ、今後の人生に多大な悪影響を及ぼす気がする。前向きに生きていけない気がする。

私は、そもそも、なぜ小説なんかを書いてしまったのだ。書かなければ、こんなつらい思いをしなくて済んだ。

どう終わらせるか。考えろ。考えるしかない。

終わらせるという意味では、人に読んでもらうことは諦め、この世から、この小説をなくすという手段もある。

なかったことにする。どうせ、誰も読んでいない。

なかったことにすればいい。私の記憶からも抹消する。それでいい。

そうしよう。そうすれば、他人には理解できないこの苦悩から解放される。悩むことなどやめ、最初からそうすればよかったのだ。

今日は休みだ。一日、自由がきく。この世から、この小説を葬り去ろう。ごみ箱に捨てるのは、さすがに忍びない。私が作った小説だ。

最後ぐらい、美しく、燃やして消し去ろう。

私はそう決めると、リュックサックに小説を入れた。そして小説のデータが入ったUSBメモリもポケットに入れた。すぐに火が起こせるように、ライターと着火剤も準備した。

さぁ、いざ山奥へ。

「あれ、正ちゃん、お出かけ？」

妻が私に声をかけた。

「ちょっとサウナに行ってくる」

「ああ、そう。気をつけてね」

咄嗟に嘘をついた。

私は仕事が行き詰まったりすると、よくサウナに行く。汗をかき、何も考えない無の時間に浸ることができるからだ。妻もそのことはよく知っているので、疑われることもなく、家を出ることができた。

高速道路に乗り、山に向かう。

すぐに火を起こして、小説を燃やせるように、途中のコンビニでキャンプ場を予約した。最近は空前のキャンプブームで、なかなかキャンプ場を予約できない。しかし、この日は一発で予約できた。これも何かの運命なのだろう。

私が住む名古屋市は、車で一時間圏内に山も海もある。都会と自然が共存する素晴らしい土地だ。

遠出をするのは久しぶりだった。寒空は広がるが、少し窓を開けて走るのも気持ちいい。冷たい風が頬を撫でる。寒さで肌は突っ張っている。自然と会話をしているみたいで悪くなかった。

キャンプ場に向かう道中、パーキングエリアに立ち寄った。

週末だからか、家族連れが目立つ。みんな、とても楽しそうだ。

まさか、小説を燃やすために、山に向かっている人がいるなんて思いもしないだろう。

私はホットコーヒーを買い、ひとときの休息を楽しんだ。

パーキングエリアを出たら、すぐにキャンプ場に向かう。

一人キャンプも流行しているから、怪しまれたりはしないだろう。一昔前と違って、今の時代は大丈夫。一人キャンプ人口は確実に増えている。

私は車に戻り、キャンプ場に向かった。景色もどんどん変わっていく。道路横には、木々が広がる。紅葉も色づき、美しい景色が私の目に入ってくる。

ようやくキャンプ場に着くと、受付を済ませ、借りたエリアに向かった。

私のエリアの横には、カップルがテントを張っていた。普段の生活を忘れ、自然に帰る二人。羨ましいかぎりだ。

私は枝を集め、焚火(たきび)の準備を始めた。

カップルが、隣のエリアに私がいることに気付いたようで、きょろきょろとこちらを見ている。

今しばらく待ってくれ。これを終えたら、すぐに帰るから。その後は存分に二人でキャンプを楽しんでくれ。

それでも、カップルは私のことが気になるようだ。すごく、怪しそうに見ている。なぜ怪しい？　一人キャンプを知らないはずがないだろう。今は空前のキャンプブームだぞ。

なぜ、そんな目で見る。怪しいところなど一つもないはずだ。

しまった。テントがない。

ダウンジャケットは着ているが、服装も、キャンパーには見えない。

はっきり言って怪しすぎる。なぜ今まで気付かなかったのだろう。

①　私は一人でキャンプ場に来ている
②　隣ではカップルがキャンプを楽しんでいる
③　私はアウトドアの装備もせず、普段着で焚火の準備
④　さらに、リュックサックから紙の束を出して、焚火で燃やし出す

さて、この様子を見て、カップルは、どう思うでしょう？

やばい。怪しすぎる。

どう見ても普通じゃない。

機密文書とか、ばれてはいけない極秘資料を燃やしている男に見える。まるで横領犯か？　下手をすると警察を呼ばれてしまうかもしれない。

警察はまずい。妻にはサウナに行ってくると言って出てきたのに。

焚火は諦めて、土にでも埋めるか、いや、埋めるのも怪しい。まず、土を掘るのがもっと怪しい。何かの証拠を隠滅（いんめつ）しているようだ。「あっ、テント忘れちゃった」とか言って、その場を乗り切るか。ダメだ。無理に決まっている。独り言を言えば言うほど怪しい。

さすれば強行突破だ。

このまま、枝を拾い続け、持ってきた着火剤に火をつけ、焚火を開始し、すぐさま小説を燃やして、その場を立ち去る。それしかない。

スピードが勝負。怪しまれはするが、そんな隙も与えぬ間に焼いてしまおう。それしかない。よし、枝も準備ができた。火を起こし、燃やし始めるぞ。

いや、ちょっと待て、そんな別れでいいのか。

一生懸命書いた小説をそんなにあっさり燃やして帰っていいのか。いいわけがない。

最後の別れだ。一枚ずつ、じっくりと読みながら燃やすつもりだったのだ。一枚ずつ、名残を惜しみながら燃やしていく予定だったのだ。一枚ずつ、丁寧に別れを告げるはずだったのだ。

急に、あのカップルが憎らしく見えてきた。

あのカップルさえいなければ、もっとシンプルに、しかし厳かに、別れの儀式は済んでいたに違いない。

くそう。あのカップルさえいなければよかったのに。カップルよ。今すぐ、このキャンプ場から消えてくれ。

ああ、私は何を言っているのだ。どうかしている。隣のカップルは悪くない。もしかしたら、あのカップルは遠距離恋愛をしているカップルかもしれない。例えば男は北海道、女は沖縄で、「一年に一回、日本の真ん中で会いましょう」と愛知県でデートをしているのかもしれない。一年に一度だけの楽しい思い出を作りに来ているのかもしれない。そして今年は、キャンプ場を選んだ。自然の中で、二人の思いを確かめ合う。誰もいない山の中で二人きり。そんな大事な時間を過ごしに来たのかもしれない。

そんな二人を邪魔しているのは、私じゃないか。

燃やすもダメ、埋めるもダメ、ならば、どうしたらいい。

読んでもらう。

まさかの切り返しだ。私の脳にアドレナリンが放出され始めた。

今後の想定展開

①　私は一人でキャンプ場に来ている

②　隣ではカップルがキャンプを楽しんでいる

③　私はアウトドアの装備もせず、普段着で焚火の準備

④　さらに、リュックサックから紙の束を出して、焚火で燃やし出す。否、燃やし出そうとする

⑤　怪しむカップル、私のそばに近づいてくる

⑥「何をしているのですか？」と男

⑦「小説を書いたのですが誰も読んでくれません」と答える私

⑧「何も燃やすことは」と女

⑨　泣きながら「ほっといてください」と私

⑩「私達でよければ、読ませてください」とカップル

てな具合に。

なるわけない。なるわけがない。もう時間がない。

どうしよう。カップルが近づいてくる。

何で近くに来るんだよ。私に一体、何の用があるんだ。

「あのーすみません。ライター、貸してもらえますか」

「え？」

カップルは、ただライターを借りたいだけだった。

「一人キャンプですか」

純真無垢（むく）で優し気な声で、彼女の方が私に聞いてきた。

「はい。あっ……でも、テント忘れちゃったなぁ」

私は百円ライターを男に渡すと、逃げるように立ち去った。


全く、何をやっているのだ。情けない。

私は小説の入ったリュックサックを抱え、山の中を歩いていた。急いで逃げたせいもあり、帰り道とは違う道を歩いていた。

山の中は寒い。カップルがいたという誤算のせいで焚火もできず、体が冷えまくっている。

奥のエリアは家族連れもカップルもいない。どうやら、道に迷ってしまったみたいだ。

私は、いつも道に迷うのだ。人生という大きな道にも、よく迷う。もう慣れっこだ。

だから、凹(へこ)みはするが、少々迷ったくらいでは驚いたりしない。

山道に迷ったとはいえ、ココはキャンプ場だ。歩いていれば何とかなる。ひとまず前に進もう。

進もう。ひとまず前に進む。

ひとまず前に進むか……。

私は、これまでも、ひとまず前に進むことはしてきた。

子供の頃、本当に放送作家になれるなんて、思いもしなかった。

テレビの仕事ができるなんて、思ってもいなかった。

小説を書き切ることが自分にできるなんて、思ってもいなかった。

そうやって私は、自分の身の程も知らず、ひとまず前に進んできた。

前に進んだことで、いいことは幾重にも広がった。

でも、何か違う。何かが違う。

ひとまずでは、ダメなのだ。信じること、信じたものに向かい、しっかりと歩まねばならぬのだ。

ひとまずとは、《今後のことは別にして》という意味を持つ。

それでは、意味がない。

学生時代に、先輩や先生に、ひとまず頑張れよと言われた。ひとまずという言葉の意味も知らず、安易なアドバイスを受けた。

やってみなくては、わからない。

確かにそうだ。でも、勝てる自信や、やり遂げる自信があった方がいいに決まっている。

大人は簡単に夢を持てと諭す。夢を持つのが大事だという。

確かにそれは否定しない。でも、大人ならば、子供に対し、安易な言葉を遣ってほしくない。大人も覚悟を持って諭してほしい。《ひとまず》ではダメだ。

私は人生において、《ひとまず》しかしてこなかった。

ひとまず小説を書いたから、ひとまず読んでほしい。

それではダメなのだ。だから一生懸命書いた小説を、燃やす羽目になるのだ。間違いない。《ひとまず》は、危険だ。

今、私は心からそう思う。なぜなら、《ひとまず》前に進んでしまった結果、私は山道で、さらに迷ってしまっているからだ。何もかも裏目。一体ここはどこだ。深みにはまったとはこのことだ。

早くお家に帰りたい。帰って、お味噌汁が飲みたい。

人はいない。木々しか見えない。

キャンプ場をなめていた。一体ここはどこなんだ。

日も落ちかけている。こんなところで行方不明になってしまうわけにはいかない。どっちに進めばいいのだ。

私は逆方向に引き返すことにした。

枯葉が地面を覆い、足元はよくない。アウトドア仕様ではないスニーカーは汚れを増している。体は冷え、足の指先はかじかむ。

少し休憩をすることも考えたが、ライターはカップルに渡してしまって焚火もできない。枝などで火を起こす技術もない。

無力な自分を受け入れるしかなかった。今の私はただ歩くことしかできないのだ。

ひたすら歩いていくと、燃える木の香りがした。奥の方に一人でキャンプをしている男が見えた。よかった。人がいた。これで帰れる。

私は、はやる気持ちを抑え、男に近づいた。男は、どっしりと石の上に座り、焚火に手をかざしていた。コチラの気配に気付いたのか、ゆっくりと私を見る。もみあげとひげがつながり、まさに山男といった感じだ。山男は立ち上がり、のそのそと私に向かって歩いてきた。先に声をかけてきたのは山男だった。

「……正ちゃん。緒方正平だよね?」

「え、そうですけど」

「俺だよ。俺、村田健吾（むらたけんご）だよ」

「うそ！　健ちゃん。本当に健ちゃんなの」

まさかの出来事が起きた。

山男の正体は中学校の同級生、村田健吾だった。

村田はこの近くでブルーベリー農園を営んでいて、オフシーズンの時は山にこもり一人キャンプを楽しんでいるとのことだった。

「はい。コーヒー」

「ありがとう」

私は村田が淹れてくれたコーヒーをズルズルと飲んだ。

冷えた身体が温まっていく。薪がバチバチとはぜる。貸してもらった毛布のおかげで暖かさも増した。

「美味しい。ありがとう」

心から出た感謝の言葉だった。

「しかし、凄い奇跡だよな？　何年ぶりになる？」

村田は嬉しそうに私に問うてきた。

「どうだろう。成人式以来じゃないかな」

「そうか、二十年ぶりってことか。ガハハハハハハ」

この笑い声。変わっていない。村田は昔から体が大きくて、とても優しい男だった。いつも大声で笑い、周りを明るくした。

笑いを作る人、笑いを表現する人も大事だが、一番大事なのは笑ってくれる人なのかもしれない。

村田の笑い声に助けられた人は多かった。

中学三年生の修学旅行。私達は東京にいた。ディズニーランドを楽しみ、国会議事堂も見た。名古屋も都会だと思っていたが、やはり東京は違った。人の多さと、建物の高さに翻弄(ほんろう)され、何とも言いがたい恐怖を覚えた。でも刺激的であり、魅力的な街だった。

夜の宿舎では、修学旅行恒例の競技、枕投げ大会も開催され、みんな疲れて眠りに入った。しかし、私と村田、そして不良グループの沢木(さわき)と島田(しまだ)だけが起きていた。

沢木と島田が、宿舎から抜け出し、渋谷に行こうと提案してきた。

「危ないから俺は行かない」

村田はすぐに危険だと反対した。

「なんだよ。ビビッてるのかよ」と口を尖らせ、沢木が言った。

「正平は、どうするんだよ」と島田が高圧的な口調で聞いてきた。

「おい、正平、お前もビビッてるのかよ」

さらに、沢木が煽(あお)ってきた。いつもなら、必ず断る場面だった。でも、この日の私は何かが違った。

「行く。渋谷に行く」

東京という街が私をオカシくさせていたのだろう。心配そうに私を見る村田の目を覚えている。

多分、この時、悪いことをしたことのない私は、緊張と恐怖のせいで体が震えていたと思う。村田は私の肩に手を置き、「俺もやっぱり行くわ。ガハハハ」と笑った。きっと私のことが心配だったのだと思う。

ガハハハと笑い続ける村田の口を「静かにしろ」と沢木と島田が押さえた。

結局、四人揃って宿舎を抜け出すことになった。

私達は上野動物園の近くにある古い宿舎の二階に泊まっていた。

計画はシンプル。窓から飛びおりて逃げ出すというもの。戻る時は窓の横にある木を伝い部屋に戻るという、原始的な作戦だった。

私達は、枕を布団でくるみ、寝ている姿を装うと、計画通り窓から抜け出していった。

心臓が破裂しそうなドキドキ感。

思い出すと今も心臓が飛び出そうになる。

緊張と喜び、そして初めて味わう悪いことの達成感。本当のスリルというのを、この時、初めて経験したのかもしれない。

この夜、少年達は、街をブラブラ徘徊(はいかい)した。どこを歩いていたのか、今でもわからない。多分、宿舎近くの小さな商店街だったと思う。それでも、名古屋とは違い、ネオンは輝き、夜でも人は多かった。

歩いているだけで胸がワクワクした。でも十五分も歩くと、言い出しっぺの二人が「もう帰ろう」と言い出した。

気がつけば大人達が私達をジロジロ見ている気がした。一番にビビり出したのは、不良二人だった。一方で村田は、この時もどっしりと構えていた。

結局、深夜の逃亡者達は渋谷に向かうことなく、三十分ほどで宿舎に戻ることとなった。

次の日、なぜか村田だけが呼び出された。宿舎に通報が入ったらしい。

体の大きい中学生が宿舎を抜け出し、街を徘徊していたと通報されたらしい。それで、村田一人だけが呼び出されたのだ。村田は素直に認め、先生に怒られた。

彼は私達三人の名前を言わなかった。

名古屋に戻ると、私達は村田に謝り、感謝を伝えた。

そして、なぜ私達のことを内緒にしてくれたかを聞いた。

村田は「言っても仕方ないでしょ。ガハハハハハハ」と大声で笑ってくれた。私も、沢木と島田も、村田の心の大きさに感動した。

何だか三人とも涙が出てきて、大声で泣いた。

村田は涙する私達を見て、さらにガハハハと大声で笑った。

私はそんなことを思い出しながら、焚火越しの村田を見つめた。

村田は、枝を折っては焚火の中にくべている。その手つきは慣れていて、ワイルドで格好いい。

ふと村田の手が止まった。

私の足元から全身を観察するかのように見ているのがわかった。泥だらけのスニーカー、普段着の私。荷物を見れば小さなリュックサックのみ。

不自然な姿であることは間違いない。

「正ちゃん、何かあったの」

「いや……」

私は今までの経緯を話したかったが、何から話していいかわからなかった。リュックサックの中には、私が書いた小説が入っている。その小説を燃やしに来たなんて説明したら、本当に心配されそうだと思った。

村田は何も言わず、薪とナイフを私に渡した。

「正ちゃん。フェザースティックって知ってる?」

「何それ?」

「見てて」

村田は、そう言うとナイフで薪をささくれのように、薄く何枚も削り出した。

「木の皮を羽毛のように削るから、フェザースティックっていうんだ」

「なんか綺麗だね。何のためにやるの」

私は少年のように質問した。

「薪に火がつきやすくするためだよ。なるべく薄く削ると着火しやすくなるんだ」

村田は、職人のように、薪を丁寧に薄く削っていった。

あっという間にフェザースティックができあがった。

木の皮は羽毛のように広がり、見ようによってはタンポポのように見える。美しい芸術作品のようだった。

村田は火打ち石を出し、カチカチと木の皮に火をつけた。

フェザースティックは燃えあがり、花火みたいだ。

「綺麗だね」

「だろ。やってみろよ」

私は見様見真似で、フェザースティック作りに挑戦した。

削り切ってしまったり、太くなってしまったり、村田が作るような綺麗なフェザースティックは作れなかった。

仕上がりは悲惨。イビツなフェザースティックができあがった。村田はそれを見て、またガハハハと笑った。

それから、私は何本も無言でフェザースティックを作った。

何本も、何本も。村田ほどではないが、徐々にそれらしい作品はできていった。

「いいじゃん。ガハハハ。やってりゃ何ごとも上手くなるんだよね」

「そうだね」

「でもさ、上手になったコッチのフェザースティックもいいけど、俺はさ、こっちのヘタクソな奴も好きだぜ。ガハハハハハハ」

村田は私の作った二本のフェザースティックを持って大声で笑った。

その笑い声につられ、私も笑った。

村田はすっくと立ち上がると、箱を持ってきた。

中を開けると、何本ものフェザースティックが入っていた。

イビツなもの、美しいもの、様々な形のフェザースティックだった。

「これは、火をつけるものなんだけど、気に入ったものは燃やせなくってね。持ち帰るんだ。なんか、愛着が湧くんだよね」

村田のセリフを聞いた瞬間、私は奇跡を感じた。

リュックサックの中の小説を思い出した。

「正ちゃんは、どうする？　作ったフェザースティック持って帰る？」

「うん。そうするよ」

私は、作ったフェザースティックをリュックサックにしまった。

村田は同級生なのに、器がでかい。私の悩みも聞かずに、勇気づけてくれた。私の小説のことを知っているかのようだった。

でも、そんなわけはない。知るわけがない。

ただの偶然。でも、この奇跡のような偶然は必然だと信じたい。

「正ちゃんも大変なんだろうけど、みんな大変。笑ってりゃ、いいことあるさ。ガハハハ」

無責任だが、愛嬌たっぷりの笑い声が、こだました。

私は、小説を燃やすのをやめることにした。

愛着のある小説だから。ヘタクソだけど私が書いた小説だから。

この後、村田とは中学時代の懐かしい話で盛り上がった。

私が車を停めた駐車場は意外にもそこから近く、村田は駐車場まで送ってくれた。連絡先を交換して、今度会う時は、高校時代、社会人になってからの話をしようと言った。

今、私は無事車に乗り、自宅に帰っている。

今度会う時には、私の小説を村田に渡そう。

今度会った時は、読んでほしいと言える気がする。

小説を燃やすのをやめてよかった。

早く読んでもらえる人を探そう。必ず見つけよう。

バッドエンドは好きじゃない。

# 師匠に読んでもらおう！ 編

「腰が痛い」

私は鏡の前に立ち、そう呟いた。

シワも増え、頭も禿げてきた。年老いた私の姿が映っている。

惨めな姿だ。私は冷たい水で顔を洗った。

洗面所から出た私は、ベランダに向かった。扉を開くと、凍てつく風が私の体を襲う。

寒々とした空。体を震わせながら洗濯物を取り込む。一人分の洗濯物を畳む。一人分の洗濯物はすぐに片付く。

その仕事量の少なさに、虚しさを感じた。

リビングの奥にある仏壇を眺めた。笑顔の妻が私を見て微笑んでくれている。

仏壇の写真の前には、私の原稿が置かれている。

結局、誰にも読んでもらっていない。

一体、私の人生はなんだったのだろう。

そう思った矢先、地面が揺れた。最初は静かな振動だった。

振動は徐々に強くなり、立ち上がろうとしても立てないほどだ。

私はなんとか立ち上がり、部屋からの脱出を試みた。

しかし、振動はさらに激しくなっていった。地響きがして、床が抜け落ちた。私は暗闇の中に落ちていった。

「わあああああああああ」

何があったのだ。私は周りを見渡した。すると目の前には私を見て笑っている妻がいた。

「正ちゃん。大丈夫。ひどくうなされていたけど」

妻は笑いをこらえながら私を心配してくれている。

「ごめん。今日は？　何日？」

「十二月二十日だよ」

「ああ、そうか。よかった。夢だよね」

「よっぽど怖い夢だったのね」

「そうだね」

「休みとはいえ、もうお昼だよ。そろそろ起きた方がいいよ」

妻はそう私に伝えると、部屋から出ていった。

時計を見ると十二時を過ぎていた。

私は消してあるパソコン画面を鏡代わりにして、自分の顔を確認した。自分の顔を撫でながら安堵した。

なんともおぞましい夢だった。自分の書いた小説を読まれないまま一生を終える夢を見てしまうとは、相当私も疲れているようだ。目をこすりながらリビングに向かうと、妻が外に出る支度をしていた。

「あれ？　子供達は？」

「昨日、話したじゃない。子供達は子供会のボーリング大会よ」

「ああ、そうだったね」

「私は今からヨガのメンバーとランチに行くから、正ちゃんは一人よ」

「ああ、そうだったね」

「テーブルにホットドッグがあるから食べておいて」

妻はそう言い残すと、家から出ていった。

ホットドッグを頬張りながら、私は今日の計画を立てることにした。

狙いはもう決まっている。年末になると必ず会う人がいる。

私が尊敬する湯浅一郎だ。湯浅さんは五年前に引退された放送作家だ。この人と出会い、私の人生は開かれた。才能のない私を見出してくれた人だ。

つらい時に思い出すのは、彼の言葉だ。

『亀はウサギに勝る』

この言葉が、幾度も私を救ってくれた。

放送作家の仕事は、アイディア勝負というところがある。

奇抜な発想で番組企画を打ち出す。そういったところが評価され、仕事が舞い込む。しかし若かりし頃の自分は、全くと言っていいほど発想に乏しかった。何度もライバル作家に打ち負かされ、つらい日々を送っていた。そんな時に湯浅さんと出会った。

湯浅さんは私と逆で、発想の塊のような人だった。

ルックスは、メガネをかけた小太りのおじさん。しかし見た目だけでは推し量れぬ男の色気があった。素直に格好いいと思える男性だった。

会議中にも笑いを取り、楽しい空気を作る。女性スタッフにも湯浅ファン勢が存在するほどの人気者だった。

湯浅さんは憧れの存在であり、目標とすべき放送作家だ。

ある特別番組の会議の時、私の企画は何一つ引っかからなかった。その会議の後、湯浅さんと飲むことになった。

「緒方君。元気ないね」

「ええ、今日も散々な結果でした。すみません。湯浅さんみたいに素晴らしい発想力を持ちたいです」

「緒方君、君は勘違いしている」

「勘違いですか」

「そうだ。大きな勘違いだよ。君の企画は通っていないが、君の発言や企画出しは、番組のアイディアにつながっている」

その時の嬉しさを忘れられない。

しかし、優しい言葉をかけられたことで、同時に虚しさもこみ上げた。

湯浅さんは落ちこぼれの私に同情して、励ましているだけだ。そう思ったからだ。

「緒方君は、僕にないものを持っている。それが何か、わかるか?」

「……わかりません」

「努力だよ。君は誰よりも企画の数を出す。見えないところで努力している。そこが君のストロングポイントだ」

「努力？」

「ああ、小学校でも習うし、親からも習うことだ。努力は絶対、裏切らない」

「努力は裏切らない」

「ああ、亀はウサギに勝るのだよ」

温厚なルックスと裏腹に、メガネの奥の眼光が鋭い。

「ウサギと亀の話を知っているだろ。ウサギは足が速く、亀を甘く見てレースの途中で寝てしまった。亀は歩みが遅いが、自分のできる小さな一歩を諦めず、必死に歩いた。そして亀は下馬評を覆し、ウサギに勝った。素晴らしい話だ」

「亀って凄いですね」

「そうだ。亀は凄い」

湯浅さんの顔が少しゆるみを見せた。

「今君は、僕が同情して励ましていると思っているだろ？　違うんだよ。これも全て僕のためなんだ。君のレベルが上がれば、番組のレベルが上がる。すると視聴者の方も喜ぶ。そしてみんな幸せになる」

「なるほど」

「わかってきたかな。そうなると、僕も儲かる」

「湯浅さんも儲かる？」

「そうだ。金はないよりあった方がいいだろ」

「そうですね」

真面目なことを言いながらも、必ずユーモアを混ぜる。

それこそが湯浅さんの才能であり魅力なのだ。

あるいは、ユーモアを交えながらも、得るものは得るハンターなのかもしれない。

湯浅さんは私に対し、さらに助言をくれた。

「僕は綺麗ごとを言う奴は嫌いだ。情熱だの、友情だのを言葉にする男を、僕は信じない。正直に生きるのだ。ただし亀も努力の仕方を間違えば、一生ウサギには勝てない」

「どういうことです？」

「努力をするポイントを間違えたらダメ、ということだ。君の努力は認める。でも努力の仕方が悪い。緒方君の企画には本気がない」

「本気がない？」

「君は、心から自分が面白いというものを出していない。だから人に響かないのだよ。テクニックなんかいらない。人にウケることを考えるな。自分が本当に面白いと思うもの。そういうものを提出するんだ。努力ができている君は素晴らしい。その才能をもってして、一個だけの企画を出せ。一個だけでいい。熱意は必ず伝わる。それができたら、その企画を磨き、それから人のことを考えろ。どうやったらその企画が伝わるのか？　人に届くのか？　そこで努力しろ。君は、努力ができる才能を持っているのだから、きっとできるよ」

目から鱗（うろこ）だった。湯浅さんはわかりやすく、努力する順番を教えてくれたのだ。

そして、湯浅さんはメガネの奥に隠れた鋭い眼差しで、私にもう一度、嚙みしめるようにして、あのセリフを吐いた。

「亀はウサギに勝る」


この日を境に、少しずつだが私の企画が通るようになった。

湯浅さんは作家としての師匠であり、人生の師匠である。

彼に教わったことは数え切れない。

正直に生きること。何ごとも真面目にやること。何ごとにも向き合うこと。

幸せは日常に溢れていること。時には休むこと。楽しく生きること。

湯浅さんが教えてくれることは、いつも当たり前のことばかりだった。小学校の先生が道徳の授業で教えてくれるようなことや、子供の頃に親から教わったことばかり。

でも人は、そんな当たり前のことを忘れる。意外とできない。

だから努力する。幸せに生きる努力。そんなことをいつも教えてくれるのが湯浅さんだった。

湯浅さんとは、年末になると必ず二人で飲む。この時期は忘年会が重なるため、時期を早めて二人だけの忘年会をする。湯浅さんが引退されてからも、毎年続けている恒例行事だ。

十二月二十日。今日がその日だ。私は心の師である湯浅さんに、私の書いた一個の思いをぶつけようと思う。

私の書いた小説を読んでもらうのだ。

正直、緊張が止まらない。後輩や同僚にも見せられなかった小説を、師匠である湯浅さんに読んでほしいと頼めるのだろうか。頼むしかない。

小説を書き終えてから一年近く経っていた。放置状態になっている原稿。あまりにも可哀想すぎる私の原稿。何とか日の目を見せてあげたい。そう思う。この一年間、ほぼ毎日思っている。

今日こそ。今日こそ決着をつける。

時間は怖いぐらいの早さで過ぎていった。

約束の時間が迫り、私は家を出た。栄駅まで地下鉄で向かい、毎年、二人で飲む居酒屋に入る。

店に入ると、湯浅さんから連絡が入った。少しだけ遅れそうなので先に飲んでいてくれとのことだった。いつもなら、飲むのを我慢して湯浅さんを待つのだが、今日は違う。一杯、酒を体に入れた方が話しやすい気がする。

私は、普段飲まない生ビールを頼んだ。ビールは体に合わないので、すぐに酔う。しかし今日という日には、うってつけの酒だ。

口取りの枝豆と冷えた生ビールが置かれる。私は渇いた喉をビールで潤した。外は寒いが、冷えたビールは美味かった。

いつもより美味しく感じるのはなぜなのだろう。自らの体が欲したビールだったからなのか。

いつもより早いペースで、一杯目を飲み干した。

「いつもより、美味しいな」

私は独り言を呟くと、二杯目を頼んでいた。

二杯目のビールが届く。私は再びビールを口に運んだ。

なぜ、今日はビールがこんなに美味いのだろう。酒の勢いもあってか、今日は頼める気がする。私の書いた小説を読んでほしいと湯浅さんに頼める気がする。

「すみません。イカの肝焼きください」

私はつまみのイカも頼んだ。

「あと、生ビールをもう一つ」

いつもより早いペースで生ビールを頼んだ。ビールが届く。私はジョッキに手をやった。

ちょっと待て。

大丈夫か。ちょっとだけフワフワしてきた。

先輩に会うのにこんな酔った状態で大丈夫だろうか。

ダメな気がする。でも、飲まずにいられない。緊張と胸の苦しさを紛らわすには、酒の力を借りるしかない。私は三杯目のビールを飲み干すと、今度はハイボールを頼んでいた。いつもと違う自分。

新たな挑戦。普段は焼酎を水割りなどでチビチビやるのだが、今日は生ビールからのハイボール。酒豪になった気分だ。お酒とは不思議だ。気持ちをデカくする。お酒を飲むと、隠れていた己の本心が現れる。

今まで、いろんな人と関わってきたが、私は人に気を遣いすぎているのかもしれない。少しでも気に障(さわ)らないように、少しでも幸せを感じてもらえるように。

でも私の周りの人達は、私のことなど考えてくれていない。

気にしてさえいない。

私は小説を書いた。読んでもらいたいというオーラを出してきた。あまりにみんな鈍感じゃないだろうか。

少しは気付いてもよさそうなものだ。およそ一年間、なにも進んでいないじゃないか。どうして人は、私を見てくれないのか。魅力がないのだろうか。そうだ、魅力がないのだ。

しかし、私にだって輝く部分が一つぐらいあるだろう。自分ではわからないから人に見つけてほしい。そう思ってしまう私は、弱く、醜い存在なのだろう。そんな私が書いた自己中心的な小説など、誰が読みたいと思うのだ。

思うはずがない。もう諦めよう。今日は酒に溺れた。私の思いも酒に沈めよう。きっとこうなる運命だったのだ。

酒が美味い。たまっていたストレスが解消されていく。

こんな経験は初めてだ。ハイボールって美味い。


「緒方君……緒方君……」

肩を揺らされ、私は瞼（まぶた）を開いた。目の前には湯浅さんがいた。

「ごめん。遅くなってしまった。しかしこの短時間で結構飲んだね」

湯浅さんが伝票を眺めている。正一と書いてある。

ハイボールを六杯も飲んだのか。生ビールは、たしか三杯飲んだ。ダメだ。こんなに飲んで大丈夫なのか。ていうか、今何時だ。

私は時計を見た。午後十時を過ぎていた。

「湯浅さん！　遅すぎますよ！」

私は湯浅さんの首を両手で絞めていた。

「＊@？！$%@」

トイレの水が鳴門(なると)海峡のように渦を巻く。私はフラフラになりながらトイレを出た。どうやら一軒目を出て、湯浅さんの行きつけのバーにやってきたみたいだ。

記憶が相当曖昧だ。酔うと記憶が飛ぶと聞いていたが、本当に飛ぶのは初めてだった。

「ごめんね。緒方君。やっぱり帰った方がいいんじゃないかな」

「だいじょうびです」

ダメだ。ロレツが回らない。でもせっかく湯浅さんに会えたのだ。諦めた小説の話ぐらい聞いてほしい。

気を遣った湯浅さんが、水を頼んでくれていた。私は冷えた水を一気に飲み干した。やはりお酒より水が美味い。

「緒方君がこんなに酔うなんて、初めてだね」

「はい。すびません」

「なんかつらいことでもあったのか」

優しい湯浅さんの声が、私の琴線（きんせん）に触れた。胸が苦しい。涙がこみ上げてくる。気付くと私は号泣していた。

「どうした？　大丈夫か」

湯浅さんが私を心配してくれている。

店のマスターも心配そうにおしぼりを持ってきてくれた。

申し訳ない。でも止まらない。涙が滝のように流れてくる。

泣くのをやめなければ。そう思えば思うほど、悔しくて悲しくて、そして情けなくて、涙が止まらない。呼吸のしかたを忘れるぐらいだ。息も荒くなる。私は今日、一体何をしに来たんだろう。

「泣けばいい。つらければ泣けばいい」

湯浅さんは私の肩を優しく撫でながら、介抱してくれた。

聞いてほしい。自分が小説を書いたことを。自分が書いた小説を読んでもらうという野望を諦めたことを。せめて、生まれていた作品があったことぐらいは聞いてほしい。せめて、尊敬する先輩だけには知ってほしい。

「緒方君。僕も君ぐらいの年齢の時はよく悩んだ」

湯浅さんが僕の横で語り出した。

「きっと自分の思い通りにならないのだね」

急に涙が止まった。さすがは湯浅さんだ。図星だ。

「僕も、君ぐらいの歳にいろんな企画を出した。正直、君とは違い、僕は自信家でね。僕の企画や発想が伝わらないことに苛立ち、わかってくれない人達を憎んだよ」

「そんな時があったなんて想像もつきません」

「そうだね。緒方君と出会った頃には改心していたのかもね」

「どうやって改心したんですか?」

「君ぐらいの歳の時、僕は毎日、イライラしていた。そんな時にカミさんに言われたんだ。最近のあなたは毎日、口がへの字口だねって。への字口の人が、ほかの人の口角を上げられるのかなって言われた。その時気付いたんだ。自分の初期衝動を思い出した。自分がやりたいこと、したいことは、評価されるために始めたわけじゃない。人に喜んでもらうために仕事を始めたことを思い出せたんだ」

一瞬、時が止まった気がした。

小さなバーの時間が止まる。無音空間ができた気がした。

「そう気付けた時、自分の愚かさにも気付けた。自己表現は大事。わかってもらいたい気持ちは、誰にだってある。でも伝わらないのは自分のせい。人のせいじゃない。緒方君だって、それぐらいは気付いていているだろ？」

「……はい」

「大丈夫。君のことをわかってくれる人はたくさんいる」

「……はい」

また涙が出てきた。湯浅さんは私の心をお見通しだ。私は見てもらえている。きっと私は幸せなんだ。

「流れに任せろ」

「流れに任せる？」

「全てが流れだよ。真面目にやってりゃ、君が思う世界はやってくる。流れを待つのだよ。緒方正平」

「…………」

「亀はウサギに勝る」

「はい。努力を続けます」

「よし、今夜は帰ろう。また来年もヨロシクね」

「ありがとうございます」

バーでの会計は、湯浅さんが奢ってくれた。店を出て湯浅さんが乗るタクシーを拾い、
私は湯浅さんに今年最後の挨拶をした。

「本当にありがとうございました。来年もよろしくお願いします」

私は深々とお辞儀をした。

「こちらこそありがとう。あぁ最後に一言。亀はウサギに勝ると教えてきたが、努力する
ウサギもいることを忘れるな。よいお年を」

「……よいお年を！」

タクシーは颯爽と去っていった。

私は再びお辞儀をすると、ゆっくりと歩いて家に向かった。


湯浅さんの発言は、何もかもが深い。

確かにそうだ。亀も凄いが、努力するウサギはもっと凄い。

ウサギを甘く見てはいけない。才能を持った人でも、努力をしている。そんな人達は山

ほどいる。このままではダメだ。今のままではダメだ。今まで通りの一歩では、追いつけない。

明日からも頑張ろう。小さな一歩を少しでも大きくするために。

そしていつか、努力するウサギに勝つために。

# 終章

私は小説の原稿を机の上に置いた。

ついに新年を迎えてしまった。今年はいい年になるだろうか。私に流れは来るのだろうか。

愁い(うれい)は晴れない。でも信じよう。信じることから始めよう。

私は原稿を少し撫でた。

私以外、まだ誰も読んでいない小説。

この小説を書いてから、いくつのドラマが生まれたのだろう。

私の短い人生の中でも、ここまで自分と向き合った時間はない。

そして人のことを観察したこともない。

それだけでも大きな収穫だった気がする。

小説を書いたことで、私はいろんなことを学べた気がする。

でも、とても悲しく思う。どれだけ前向きに気持ちを持っていっても、引き戻されてしまう自分の弱さ。

わかっている。流れを待つことや自分に力をつけることが大事だということを。

やるべきことはわかっている。でも、できない。

どんなに前向きに格好をつけても、自分に嘘はつけない。つきたくない。

やはり私は悲しいのだ。情けないのだ。

自分の非力さ、勇気のなさ。私は本当に情けないのだ。

私は机に置かれた原稿に向かって土下座をした。自分が生み出した作品に申し訳なさすぎたからだ。なぜ私は、自分が生み出した作品を誰にも見せることができないのだろう。

申し訳ない。感情を抑えることができず、涙がこみあげてくる。

この悔しさはきっと誰にもわからない。わかるはずもない。

誰も恨んではいない。ただ得体の知れない悔しさがこみあげてくるだけなのだ。

読んでほしい　読んでほしい　読んでほしいだけなのだ。

自分がよくわからなくなる。

私は私なのか？　私はボクなのか？　私は俺なのか？

自分の感情もよくわからなくなる。

そもそも、なぜ私は小説を書いたのか？　湯浅さんが言うように、人を楽しませたくて本当に書いたのか？　そんな美しい感情で書いたのだろうか。

いや、きっと違う。自己顕示欲のために書いたのだ。自らの承認欲求を満たすために書いたのだ。コンクールに出して、あわよくば小説家になれるかもと考えていたのだ。そんな下心が詰まった作品だから、勇気を持って読んでほしいと言えないのではないだろうか。

でも楽しく書いたことは間違いない。人に見てもらいたくて書いたのは間違いない。素晴らしい世界があることを表現したくて書いた。人にそんな思いを伝えたいという自己顕示欲で書いた。

だから読んでほしい。

汚い思いも、本当に伝えたいことも、詰まった作品だからこそ、読んでほしい。愛すべき私の作品だからこそ、読んでほしい。嘘のない気持ちのこもった作品だからこそ、読んでほしい。それだけなのだ。

自分の書いた原稿に頭が上がらない。

「ごめん。本当にごめんね」

私は改めて原稿に詫びた。

「正ちゃん。何しているの？」

「いや……」

気が動転していた私は、妻が部屋に入ってきていたことに気付いていなかった。私は妻に気付かれないように涙をぬぐった。

「どうしたの？　土下座なんかして？」

妻が心配そうに私に声をかけた。

「いや……何も」

ゆっくりと立ち上がり、妻の方を見た。

妻はそんな私に興味を見せず、机の方に近づいていった。

「何コレ？　え？　まさか小説書いたの？」

「え……うん」

「凄いじゃない！　ねえコレ、読んでいい？」

「…………」

私は妻を抱きしめ、ウォンウォンと泣きじゃくった。

「どうしたの？　正ちゃん？　力が強いよ」

妻は笑いながら私から離れようとしている。

「ありがとう……ありがとう……」

私の涙は止まらない。

よし。また明日から新しい作品を作ろう。

本書は書き下ろしです。

装画　矢部太郎
ブックデザイン　bookwall

[ 著者紹介 ]


## おぎすシグレ

1978年1月10日生まれ。名古屋で活動中の放送作家。16歳（高校1年）のときに名古屋よしもとから芸人デビューするが、2000年に芸人引退、22歳で放送作家に転身。今回が初の小説作品となる。


# 読んでほしい


2021年7月5日　第1刷発行

著　者　おぎすシグレ

発行人　見城 徹

編集人　菊地朱雅子

編集者　袖山満一子

発行所　株式会社 幻冬舎

〒151-0051 東京都渋谷区千駄ヶ谷4-9-7
電話 03(5411)6211(編集)
03(5411)6222(営業)
振替 00120-8-767643

印刷・製本所　株式会社 光邦

Printed in Japan
ISBN978-4-344-03796-0　C0093
幻冬舎ホームページアドレス　https://www.gentosha.co.jp/

この本に関するご意見・ご感想をメールでお寄せいただく場合は、
comment@gentosha.co.jpまで。